Cuando vi a la muerte prestar su sombrero

RODRIGO UNDA

Cuando vi a la muerte prestar su sombrero

Cuando vi a la muerte prestar su sombrero

Primera edición: septiembre, 2025

penguinlibros.com

ISBN: 978-607-386-232-5

Impreso en Colombia – *Printed in Colombia*

Para quienes temen a la muerte.
No les traigo consuelo, pero sí compañía.

Se detuvo y miró a su alrededor; su buena intención
pareció ser entendida; sólo había sido un susto momentáneo,
ahora todos lo miraban tristes y en silencio.

Franz Kafka, *La metamorfosis*

La vida consumía, con el tiempo provocaba innumerables grietas,
fragilidades. Sin embargo, eran precisamente esas grietas las que
decidían la historia de cada persona, las que nos empujaban a
desear seguir adelante para ver qué ocurría un poco más allá.

Laura Imai Messina,
Las palabras que confiamos al viento

PARTE UNO

Capítulo 1

La piedra cayó a la altura de mis costillas y eso bastó para dejar de creer en la muerte aun cuando soy una de las encargadas de llevarla a cabo.

Tristeza, frustración, soledad, indiferencia. Mi labor me había hecho observar todas aquellas emociones que tanto tiempo me parecieron innecesarias en la corta vida de los mortales. Otras tantas, ocultas en los defectos y virtudes del mundo humano, se me escapaban desde las sombras en las que coexistía cómoda.

Acaricié la nueva y pequeña grieta en mi costilla que se vislumbraba entre las aberturas de mi camisa y me sorprendí al disfrutar el paulatino movimiento de un rayo de sol que, con el paso de los minutos, recorrió cada uno de mis delgados y fríos dedos. Volteé a mi alrededor para asegurarme de mi absoluta y completa soledad: mi existencia no sería revelada. Entonces me quité el sombrero y, al colocarlo en el húmedo pasto, me volví visible a quien se cruzara en mi camino y tangible a todo lo que me rodeaba. Lo aprecié de inmediato: la calidez de esos rayos de sol, su impacto en mi cuerpo, la extrañeza de una sonrisa formándose con calma y satisfacción.

¿Mi estructura cadavérica era apta para hacerlo? Incluso ahora no lo sé. Tantos años de despedidas me debieron haber enseñado a distinguir. Aunque ciertamente no sé si esos mismos años me habían enseñado a *sentir* y fue ese día en el que me pregunté si era capaz. Quizá la cuestión real era si había querido hacerlo.

Mi existencia había sido rutinaria, una partida de ajedrez con sus treinta y dos piezas de un mismo color. Así que intenté huir de la confusión por la grieta que, a un ritmo pausado, crecía. Algo cambió y, por primera vez, aun al ser consciente de que esta tarea siempre ha sido solitaria, deseé que fuera distinto.

Entonces se aproximaron las pisadas y, de manera instintiva, me puse de nuevo el sombrero. Traté de dar con la figura que me alejó de mis pensamientos, pero lo único que encontré fueron más árboles. Sin que nadie pudiera verme u oírme me levanté, cerré los botones de mi saco y caminé fuera del parque para deambular por las calles con las que apenas había tenido tiempo de familiarizarme. El nombre sería revelado en mi libreta en cualquier momento. Le seguiría de cerca. Fallecería. Aquella persona sentiría el pesar de despedirse de la vida y yo no perdería ni un segundo en llevarla a su destino final, seguiría las instrucciones que se me dieron desde el inicio. Desde mi nacimiento. Envidio la forma de pensar que tenía en ese entonces. Todo era más sencillo.

Segundos después de haber recibido el traje que todas debemos portar, recuerdo haber abierto la libreta que nos mantiene comunicadas. En ella un solo nombre: “Alba Zamorano”. Los próximos doscientos años le seguirían otros tantos. Ella era mi primera designada.

No tenía la menor idea de cuándo, cómo o el porqué de la muerte humana, así que no demoré en buscarla y mantenerme a unos pasos de distancia una vez que la encontré. El concepto de la edad me era ajeno. "Una persona mayor". La observé por varios días, en general dentro de su propia casa debido a sus dificultades para moverse. Tenía un dolor de huesos fuerte y un espíritu que lo era aun más. Insistía en sus actividades diarias con alegría y vigor. Cocinaba con su hija o su nieta, descansaba en su mecedora mientras acariciaba al perro, contagiaba su risa al estar sentada a la mesa junto a su familia.

—Abuelita —dijo la nieta mientras de puntitas sujetaba fuerte la mano de Alba—, ¿te acuerdas que el año pasado en Navidad estábamos en la cocina y fuimos por mi mamá a la puerta? Luego cachamos a la Pegus en dos patas lamiendo la cacerola del arroz con leche.

—Tuvimos que prepararlo de nuevo, no quiero imaginarme el dolor de panza que nos hubiera dado —dijo Alba entre risas—. Es más, tráete el mecate para amarrarla mientras saco el arroz y la canela.

Una tarea sencilla, y aun así los humanos encontraban la forma de hacerla acompañados.

Esperé varios días con la idea de que, en cualquier momento, Alba se levantaría de esa mecedora, se despediría de su familia y, dirigiéndose hacia mí, diría que estaba lista. Así solo quedaría leerle el guion que, por aburrimiento, encontré en el bolsillo de mi saco y llevarla al más allá. Pero un día antes de morir, necesitó más ayuda de la que solía recibir. Le llevaron los alimentos a la cama, se sentaron a su lado para hacerle la plática y dejaron que la Pegus entrara al cuarto, a momentos para que no soltara tanto pelo. Pocas veces preocupaba a sus familiares, y era cuando hablaba de su cansancio por algo que antes no se le complicaba, pero su gesto alegre rápido les generaba alivio. Me sorprendió que ella, la que disfrutaba tanto de estar rodeada de sus seres queridos, escogiera esa noche en la que descansaba sola en su cama. Todavía era demasiado ingenua. Creía que los designados elegían.

No se despidió de nadie y al desprenderse de su cuerpo físico dirigió su mirada, con una profunda curiosidad que mis ojos reciprocaron, hacia donde me encontraba. Me aseguré de tener bien puesto mi sombrero. Supuse que al estar en presencia de un humano estaría prohibido. El hecho de que Alba estuviera viéndome, me confirmó que había fallecido. Con la seriedad que nos caracteriza le extendí mi mano. Ella, con su piel delgada y arrugada, acercó la suya. En cuanto sus dedos rozaron los míos, experimenté una ráfaga de chispas recorrer todo mi cuerpo. Saqué la pequeña hoja de mi bolsillo y leí:

"Alba Zamorano, tu travesía en este mundo ha llegado a su fin. La vida que has vivido no se mide en términos de bondad o maldad, ya que, a diferencia de las creencias humanas, las Parcas no somos juezas de tus acciones. Mi tarea es guiarte hacia el más allá; sujeta mi mano hasta que hayas cruzado el umbral que separa estos mundos".

Sin esperar una respuesta, comencé nuestro recorrido al árbol más cercano. Es ahí donde se esconden las puertas que conectan el mundo humano con el más allá.

—Sé que mi familia me vio siempre como una fiel creyente, pero te aseguro que estos últimos años dudé mucho sobre qué habría después de mi muerte —dijo y rompió el silencio que creí se mantendría hasta llegar al árbol—. Y de entre todas las posibles respuestas, jamás cruzó por mi mente que en verdad existieran las Parcas. ¿A dónde me llevas?

—Ya te lo he dicho —contesté con la mirada al frente.

—Pero ¿qué hay ahí?

—Mi única tarea es trasladarte —dije mientras sujetaba con más fuerza su mano—. No me sueltes hasta que hayas cruzado el umbral.

—Sabes, de pequeña mi papá solía decirme que la muerte de mamá no significaba que jamás la volvería a ver. Mencionó que algún día yo llegaría a ser viejita y podría reencontrarme con ella —dijo mientras me demostraba cómo aun sin vida, los humanos seguían ese hábito de sentirse nostálgicos y llorar—. Al cruzar el umbral, ¿podré verlos a los dos?

No contesté. La vi secándose las lágrimas y sonreír como si lo hubiera hecho. Ahora más que nunca pienso en lo mucho que me hubiera gustado responderle, pero sigo sin saber la respuesta.

Incluso con el paso lento de Alba, llegamos en poco tiempo a nuestro destino. Coloqué mi mano sobre el árbol frente a nosotros, el cual generó un pequeño destello por el que la invité a cruzar. Sin dudarlo, Alba atravesó el umbral a lo desconocido. Me quedé quieta unos momentos y aprecié lo simple que era mi función de guía. Creía que mis superiores lo habían pensado todo para hacer la transición lo más sencilla posible. Al día de hoy, sigue grabada en mi mente la inesperada sonrisa de Alba. Me cuestiono si fue genuina o un intento más de su espíritu por mantenerse alegre aun en tiempos difíciles.

Deambulé cerca de ese árbol, con la incertidumbre de cuándo aparecería el nombre del siguiente designado. Terminé por regresar al hogar que Alba dejó atrás. La noche llenaba de una tenue luz todas las habitaciones. Mientras el resto de su familia dormía, entré al cuarto de Alba para observar su cuerpo inerte y pálido. Todo seguía igual, a excepción de una cosa, la Pegus descansaba recostada a su lado.

La primera en entrar a la habitación fue la nieta, que después de abrir las cortinas para que los rayos del sol calentaran el cuarto, no recibió respuesta de su abuela y rápido llamó a los demás. Fue muy extraño descubrir que la muerte no era tan bienvenida como esperaba. Pensaba que al ser la única certeza desde el inicio de los tiempos, los humanos ya estarían acostumbrados a ella. Todavía más raro fue verlos llorar y despedirse de lo que solía ser su ser querido. Al fin que no había duda de que Alba se quedaría sin escuchar alguna de esas inconsolables palabras. La casa se tornó lúgubre mientras los adultos hablaban sobre el entierro. Agradecían que se había ido sin dolor, además de pedirle a su Dios que la tuviera en su santa gloria. Los más pequeños jugaban sin entender lo sucedido.

Esa noche, después de enterrar el cuerpo de Alba, contaban anécdotas de su vida mientras todos comían el arroz con leche que sobró del día anterior. Los vi darle un poco a la Pegus.

Me tomó dos días más entender que no era correcto quedarme tanto tiempo en el lugar donde el último designado murió. Y fue cuando por primera vez observé a otra Parca. Caminaba hacia mí.

—Deja de perder tu tiempo con estas personas—ordenó con un tono enfadoso—. Pronto recibirás el siguiente nombre y todavía estás muy verde. Empieza a familiarizarte con tus alrededores.

—¿Vienes para ayudarme con mi próximo designado?

—No estoy aquí por gusto. En realidad me da igual si te quedas aquí hasta que se te pudran los huesos, pero en cuanto alcancé cinco milenios de cumplir con esta tarea, nuestros superiores reemplazaron mi guion y me obligaron a instruir a las nuevas Parcas. —Se detuvo para sacar una hoja de su bolsillo y continuó—. Escúchame bien, que no pienso repetirlo.

Me apresuré a escribir en mi libreta todo lo que mi mentor leía.

"Como Parca, es nuestra responsabilidad conducir a las almas a través del umbral que separa la vida de la muerte. Se recomienda abstenerse de entablar conversaciones o proporcionar explicaciones sobre el más allá. Como ya te indicaron al momento de la entrega, el sombrero asegura tu invisibilidad en la búsqueda de aquellos designados a tu guía. Si te lo quitas, serás visible y podrás interactuar con el mundo que te rodea. Con los vivos, no deberás interferir en sus destinos ni revelar tu presencia.

"Nuestra labor es ser testigos silenciosos de las vidas humanas, las cuales tienen un tiempo limitado y dictaminado por los superiores. Somos guías inevitables".

Me sentí abrumada por la gran cantidad de preguntas que tenía, pero con la mirada intimidante de mi mentor, solo me atreví a realizar una.

—¿Qué hay en el más allá?

—A ver, me dijeron que te explicara esto y nada más —contestó de manera despectiva—. Llevo siglos encargado de adiestrar a Parca tras Parca aun con el conocimiento de que harán una labor mediocre porque es inevitable darse cuenta de que así es este trabajo. No hay recompensas, no hay premios. No me importa si lo haces bien o mal. Menos si entendiste lo que te acabo de decir. Si tienes dudas, recuerda que para llevarse a un muertito solo basta ir a un árbol. Y carajo, si ya dejaste a uno, deja de vigilar a la familia, que en cualquier momento aparecerá el siguiente nombre.

Y sin darme oportunidad de pronunciar una palabra más, se fue.

Doscientos años después, con la reciente grieta en mi costilla, todas esas memorias empezaron a encontrar un nuevo significado, como si pertenecieran a alguien más. Mientras recorría las calles de una ciudad desconocida, atenta al siguiente nombre, mi tarea como Parca se tornó oscura y compleja. El enfoque que me inculcó mi mentor, desprovisto de sentimentalismo, hizo que mis siguientes cientos de designados cruzaran el umbral con desasosiego.

Cuando digo que había dejado de creer en la muerte, me refiero a que en mi interior surgía un significado distinto. Lo atribuí a la grieta. Tal vez no comprendía las nuevas emociones que sentía, pero era consciente de que, gracias a ellas, por fin cobraban sentido el miedo y recelo con el que nos miran los humanos.

Aun sabiéndolo, se niegan a aceptar que su tiempo es finito. Les da pavor pensar que no hicieron lo suficiente mientras vivían y, lo peor de todo, que el dolor emocional permanece junto a su alma. Siempre noté el temblor de sus manos mientras sujetaban la mía. Nuestras entidades resultaban imponentes, temidas. Pero al recordar el brillo en la mirada de Alba, me convertí en una fiel creyente de que eso podía cambiar.

Las emociones humanas son efímeras y nublan nuestro juicio. Eso se repetía para advertirnos de no enredarnos con ellas. Pero entre millones de Parcas, no importaría que una guiara a los designados de otra manera.

Revisé otra vez las páginas de mi libreta para recorrer todos los nombres que descansaban en ella. Al final de la lista, ya había uno nuevo.

Capítulo 2

—Debería saber su nombre —le dijo Roberto a su hija después de estar unos segundos frente al espejo.

—¿Quién es? —preguntó divertida.

La pena obligó a Roberto a acercarse despacio a su reflejo.

—¿Cuál es tu nombre? —susurró— Disculpa que no pueda recordarlo.

Su esposa entró en la habitación entre risas.

—¿Tú recuerdas su nombre? —preguntó Roberto. Miró a la mujer mientras señalaba al espejo que no le contestaba.

—Es Roberto, querido. Trata de no olvidarlo.

—No. Ese es mi nombre.

—Bueno, él también se llama así.

Ese nuevo nombre que apareció en mi libreta era el de Roberto Mejía. Lo acompañaba una imagen y la ciudad en la que vivía Morelia. No estaba tan lejos de donde me encontraba.

Fue interesante seguirlo los primeros días. De lo poco que tenía certeza sobre las emociones humanas, era que estaban entretejidas en sus recuerdos. Tantos suspiros, lágrimas y risas encapsuladas en momentos clave de la vida de Roberto. Lo veía olvidarse de aquellos y sentía lástima por pensar que los sentimientos ganados se desvanecían dentro de su mente. No tomaba más que un par de minutos para descubrirlo sintiéndolos de nuevo, una y otra vez. Como si su pérdida de memoria fuera un lujo que le permitía sentir una vez más, de manera intensa, la emoción de darle un beso a su esposa, saludar a su hija o comer su platillo favorito.

Recordé con precisión cada uno de los rostros a los que guie en el pasado, y con esas nuevas emociones provenientes de la grieta en mi costilla, sentí que me ahogaba en la nostalgia. Si tan solo me hubiera dado la oportunidad de conocer la historia de cada alma, habría acelerado mi interés en aliviar sus penas. Me asusté al ponerme en el lugar de Roberto y olvidar esos rostros que, con sus historias, empezaron a replantearme mi propósito como Parca.

Escuché de fondo las risas de Roberto y su familia en el comedor, ya que le mostraban álbumes de fotos para ver si se reconocía. Su sonrisa desapareció al enfrentarse a una del día en que se casó. Noté un enorme desconsuelo al ver a su esposa en ese momento tan especial con alguien más. Aunque solo bastó alejar la mirada para verla sentada a su lado y sonreír de nuevo.

—Es mi chica —dice con la voz rasposa mientras descansa su cabeza en el hombro de ella.

Entre risas, reconocí la tristeza oculta en los ojos de su esposa. Por ello, empecé a tomarme un par de minutos al día para seguirla y tratar de entender mejor sus emociones. Sentada a la ventana mientras observaba a los transeúntes; callada y perdida en sus pensamientos al preparar el desayuno de los dos; al ver a Roberto de reojo, sentado casi siempre en su sillón, mientras ella completaba los crucigramas de los libros que le regalaban sus hijas. Contemplé la ternura en su actuar al sostener sus manos temblorosas para ayudarlo a moverse de habitación.

A veces su mirada, tan llena de amor y paciencia, se encontraba con los ojos de su esposo. Por instantes la neblina que lo atormentaba parecía disiparse para ver más allá de la enfermedad, y permitir que ella conectara de nuevo con el hombre que conocía desde hace décadas. El Alzheimer la convirtió en la única narradora de una vida compartida. Su voz era un eco en la mente del hombre que perdía recuerdos tan pronto como ella los ganaba.

Esperé más tiempo del acostumbrado, como si la ironía hubiese hecho acto de presencia para olvidarse que Roberto vivía sus últimos días.

Su esposa tenía que ir al banco y su hija no podía ir a su casa para cuidar a su papá. Con tal de no dejarlo solo, ese día salieron a paso lento, sujetándose fuerte el uno al otro.

El sonido de la calle lo tranquilizaba. También el andar de las personas, las conversaciones animadas, el ruido de los coches y el viento que golpeaba con suavidad su piel. Cada sonido traía una vaga colección de recuerdos. Ella retiró el dinero de su pensión, él murmuró algo ininteligible. Sus manos se sujetaban con fuerza de los bordes de la silla en donde estaba sentado. Ella ojeó un segundo el par de billetes que salieron de la máquina y rápido los metió a su cartera. Regresó la mirada a una silla vacía.

Le preguntó al hombre parado fuera del banco si lo había visto irse. Sin responder le dio a entender que no. Presa del pánico, gritaba el nombre de su esposo mientras cerraba la bolsa y la colocaba en su hombro. No le dio importancia al dolor en sus piernas y caminó tan deprisa como pudo. Necesitaba a Roberto para que fuera él quien calmara sus manos temblorosas. Soltó un alarido en cuanto escuchó el sonido de un claxon. Cerró sus ojos empañados y gritó una vez más. Al abrirlos lo vio parado frente a unos músicos que trataban de animarlo con sus instrumentos. Él revisaba con lentitud sus bolsillos en busca de monedas. Llegó a su lado y se aferró a sus brazos. Roberto, sorprendido, se disculpó con los músicos por no ofrecerles ninguna propina y agradeció la melodía. Continuaron su caminata de regreso. Había pasado mucho tiempo desde la última vez que Roberto salió de casa. Las calles que recorrían ponían a trabajar su memoria que señalaba puestos de ropa o restaurantes en los que alguna vez comió. Murmuraba nombres que le resultaban conocidos. A veces recordaba un momento especial y apretaba el paso emocionado.

—No sé si recuerdes, pero solía trabajar en esa tienda y todos los días me esperabas hasta que saliera para acompañarme a casa —decía ella mientras señalaba al otro lado de la calle—. Una vez me dijiste esa frase de Dostoievski. ¿De qué libro era?

—Mañana... —decía Roberto. Y volvía a perderse en los sonidos que lo rodeaban.

—¿O recuerdas el día que fuiste a recogerme a la casa de mis papás y por una hora nadie te abrió la puerta? —insistió.

—Estabas dormida.

—¡Sí! No escuché que tocabas y al abrirte vi que hacías dibujos con una rama en la tierra. El sol pegaba durísimo y aun así no te fuiste. —Una sonrisa llena de esperanza se formó en la cara de ella—. Me enojé tanto contigo. ¿Por qué me esperaste tanto tiempo?

—Mañana... —Y con eso la sonrisa volvía a desvanecerse de ambos rostros.

En medio de todo el bullicio urbano, percibí la restaurada serenidad en el silencio de los esposos. Fue como si por fin, durante esa caminata, hubieran entendido lo que suponía la enfermedad de Roberto. Los rayos dorados de media tarde se filtraron entre las ramas para posarse en sus caras. Pensé en la calidez que sentí en la grieta un par de días antes y tuve la inmensa tentación de quitarme el sombrero para percibirla igual que ellos. Me detuvo la sombra que los cubrió con la intención de crear una última memoria compartida. De la moto se bajó un hombre impulsado por la insensibilidad que tantos años antes advertí en mi mentor. Los había seguido desde el banco. El casco no permitió que ella lo distinguiera, Roberto ni lo hubiera recordado. Él, con el rostro compungido y un arma apuntándole, revisó sus bolsillos. Buscaba una moneda. Al mismo tiempo, su esposa se puso frente a él con el bolso ya abierto. El hombre creyó que gritaría otra vez, así que no dudó en darle un golpe que la dejó en el suelo, agarró la bolsa y partió en su moto sin importarle que el semáforo estaba en rojo. Todo sucedió en un par de segundos. Con eso fue suficiente.

Roberto siguió petrificado, y en medio del caos, su fragilidad se volvió más evidente al ver a su esposa en el suelo con la mejilla roja. La confusión y el miedo estaban impresos en sus ojos mientras se llevaba la mano al pecho. Ella trató de detener su caída. Gritó por ayuda, pero nadie se acercó.

Otra vez ese impulso. Sujeté con fuerza mi sombrero con la intención de sumarme a los gritos. No me atreví a quitármelo. Roberto necesitaba ayuda. Le costaba respirar. Me pregunté si se le habría olvidado cómo hacerlo.

Una sensación insoportable me atravesó cada uno de los huesos al ver a dos paramédicos con el débil cuerpo de Roberto en una camilla. Todavía luchaba por sostener fuerte la mano de su esposa. Esa fue la primera vez que sentí el dolor de la pérdida.

En la ambulancia hacían todo lo posible por darle una oportunidad más de vivir, entre tanto, la esposa llamaba de manera insistente a su hija para que los acompañara en el hospital al que se dirigían. El pitido plano de la máquina hizo que ella dejara de escuchar la sirena, las voces de los paramédicos y la voz que salía alarmada de la bocina del celular.

Roberto se había sumido en una quietud eterna en compañía de su único recuerdo. Él, ya a mi lado y consciente de lo sucedido, sintió a su esposa sostener su mano por última vez. Me dirigió la mirada con la acostumbrada incertidumbre. A falta de palabras, saqué el guion de mi bolsillo y recité el párrafo.

—Roberto Mejía, tu travesía en este mundo ha llegado a su fin. La vida que has vivido no se mide en términos de bondad o maldad, ya que, a diferencia de las creencias humanas, las Parcas no somos juezas de tus acciones. Mi tarea es guiarte hacia el más allá; sujeta mi mano hasta que hayas cruzado el umbral que separa estos mundos.

Pensé en las preguntas que he contestado de manera breve y concisa, sin la menor intención de en verdad resolverlas. Cada que cuestionaban qué había en el más allá, sobre cómo estaban sus familiares y amigos, si existía un Dios, o cualquier cosa que surgiera en la mente del designado, procuraba responder de forma ambigua y a veces con silencio para evitar más preguntas.

No se debía solo a que nos recomendaban no entablar diálogos con las almas, la verdad es que no tenía idea de la respuesta.

Con los ojos de Roberto fijos sobre mí, mi juicio se nubló. Estaba a punto de tomar una decisión. Me expondría como una figura con la cual podrían desahogarse.

—¿Tienes alguna duda? —dije al fin—. ¿Algo con lo que necesites ayuda?

—Cuando sea su momento, ¿volveré a ver a Blanca? —preguntó con expectativa.

—Solo sé que, al fallecer, ella cruzará el mismo umbral que tú.

—La esperaré. Cinco, diez, quince años, los que tome para poder sentir de nuevo el calor de su mano.

Surgieron muchas más preguntas. Estaba de veras sorprendido con su incesante plática. En vida jamás lo escuché hablar con tanta elocuencia ni interés. Me habló sobre su esposa y los últimos momentos que tuvieron juntos. Los recordaba con tanta claridad que, en el largo trayecto al próximo árbol, nos reímos sobre cómo no se reconoció frente al espejo. La verdad es que pasamos cerca de muchos árboles, pero con tal de disfrutar por un rato más de la conversación, decidí ir por uno más lejano.

Al llegar, le di la instrucción de cruzar el umbral y titubeé antes de hacerle una última pregunta.

—¿Hay algo que te gustaría que le dijera a tu familia ahora que no estás?

Acababa de hacer algo que implicaría comunicarse con alguien vivo, lo cual iba en contra de las reglas. Aunque todavía no sabía si era capaz de romperlas, escuché con atención las palabras de Roberto.

Dos platos y dos vasos esperaban solitarios en la mesa. Había cocinado las dos porciones de siempre y, envuelta en tristeza, se echó a llorar. Cargaba con la dualidad de una breve despedida y el recuerdo de un amor que perduró en la enfermedad.

Invitó a sus dos hijas para tratar de apagar el ruidoso silencio de una casa vacía. Las tres adultas se animaban la una a la otra con tal de hacer más llevaderas sus emociones tan contradictorias. No lo olvidarán, y pensar en eso también me dio paz a mí, que había estado intranquila con la duda de si lograría transmitir las últimas palabras.

—Sí, si no es molestia —había dicho mientras sacaba mi libreta para escribir—, me gustaría decirles a Blanca, Rosa y María que aunque en vida la enfermedad me hizo olvidarlas, en la muerte su recuerdo perdurará, que no es un castigo la espera hasta reencontrarnos, que lo fue no haberlas realmente visto los últimos meses. Y a mi Blanquita dile que era *Noches blancas*, que revise la única página que tiene la esquina doblada. —Se le quebró la voz antes de terminar—. Las quiero con toda mi eternidad. Espero reencontrarme con ustedes en ella.

—Tus palabras están bajo mi cuidado, confía en que serán entregadas —le dije con una voz cálida.

—Gracias… ¿Cómo te llamas? —preguntó confundido.

—No tengo un nombre, solo soy una Parca —contesté y le regresé la sonrisa que me dedicó antes de soltar mi mano y cruzar el umbral.

Decidí acatar de cierta forma las reglas y no pasé el mensaje de Roberto. Mantuve sus palabras bajo mi cuidado. Sabía que la esperanza de ser entregadas le otorgaron un alivio eterno. Y por supuesto tenía muy claro que no debía quedarme tanto tiempo después de guiar a un designado, pero antes de irme tenía una última cosa que hacer.

Fui a la habitación principal de la casa, me aseguré de estar sola y me quité el sombrero. Sentí el calor y la humedad que entraba por la ventana. Caminé hasta el librero desordenado y medio lleno. Me tomé más tiempo del que debía en la búsqueda del libro que necesitaba, así que en cuanto escuché unos pasos acercándose, me apresuré a sacar el ejemplar de su solitario hogar. Recorrí las páginas hasta llegar a la única con la esquina doblada. Las pisadas se escuchaban más fuerte, no pude leer la frase subrayada. Dejé el libro sobre la cama y me puse de nuevo el sombrero.

Blanca se acercó y vio el libro de lomo rojo. Volteó a la puerta. De seguro pensó en una de sus hijas, llevada por la nostalgia, entre las pertenencias de su padre para sentirlo una vez más cerca de ahí. Las pocas lágrimas que le quedaban cayeron en las palabras que leyó con ternura.

Me acomodé a su lado y leí con ella.

“Mañana...”.

Apretó los ojos y se dio una pausa.

“Seguro que vengo mañana aquí, justo aquí, a este mismo lugar justo a esta hora, y seré feliz recordando el día de ayer”.

Cerró el libro y, como si hubiera olvidado algo, lo volvió a abrir apresurada en la primera página. Sonrió al leer la dedicatoria escrita en ella:

“Para Blanca,

”Eres como la luna.

”Iluminas mis noches más oscuras”.

Se secó las lágrimas en sus mejillas y dejó que el cansancio se apoderara de ella. La observé dormida y con una sonrisa en el rostro, tan parecida a la que me regaló Roberto. Me alegró haber hecho las cosas de otra manera. Era posible el cambio. Si había funcionado con una Parca, todas podían dejar de ser tan temidas. Los fallecidos podrían apreciar la muerte, los vivos entenderla.

Tenía muchas ideas en mente, pero si quería implementarlas con todas las Parcas, necesitaba que alguien más estuviera al tanto de mis intenciones. Así que saqué mi libreta, me fui hasta la última página y empecé a redactar el mensaje.

Capítulo 3

La espera me mantuvo demasiado tensa los días siguientes. Las palabras de mi mentor inundaban mi mente, recordándome que involucrarse en los asuntos humanos era un desperdicio de nuestro infinito tiempo como Parcas. Aunque estaba segura de que mis superiores estarían contentos al ver que alguien proponía algo nuevo.

Empecé a caminar calles desconocidas para seguir aventurándome en un mundo al que solo me había adentrado de manera superficial. Al igual que Roberto, me fijaba en las tiendas y restaurantes. Observaba los diversos rostros. Trataba de adivinar las emociones que transmitían. Escuchaba conversaciones para conocer las preocupaciones humanas. Por momentos, me quitaba el sombrero al encontrarme sola para buscar una sensación de pertenencia. Conté cuatro atardeceres. También las ventanas de los edificios más altos. Al terminar me limitaba a iniciar de nuevo porque seguía sin recibir respuesta. Al quinto atardecer los edificios parecían tener más ventanas que de costumbre. No me sentía en control sobre lo que sucedía y gracias a ello entendí esa compleja actitud de los humanos respecto a la muerte. Es difícil abrazar un suceso del que se tiene certeza pero no fecha. Los pensamientos me abrumaban, así que continué en la reflexión del dilema que creé al tomar la decisión de cambiar la intención de mi labor.

Jamás había mirado a un humano con empatía. Siempre menciono que las Parcas no juzgamos sus acciones, pero nunca pensé que ellos tampoco lo harían con las mías. Los designados se limitaban a cruzar el umbral llenos de dudas y con una mirada inquieta. Les faltaba una guía que los invitara a sentirse en confianza para darse una oportunidad de cuestionar y buscar una respuesta. Y eso pretendía darles a partir de ese momento.

"No importa si lo haces bien o mal". El desdén con el que lo dijo el mentor parecía esconder algo más. Me pregunté si él o alguna otra Parca se habrían planteado alguna vez otra manera. Y si alguien ya lo había intentado para después llegar a la conclusión de que en verdad nuestra labor era mediocre, ¿qué sentido tenía mi propuesta?

En doscientos años de existencia he visto a los humanos luchar, levantar la voz y crear movimientos revolucionarios. A comparación de nosotras, su finito tiempo lo han visto como una excusa para buscar la luz en años de oscuridad. Muchos de los que han luchado por dejar de ser invisibles, fueron heridos, humillados y hasta asesinados. Muertes y muertes, día tras día, pero es incluso más sorprendente que algunos humanos estén dispuestos a buscarla con tal de cumplir un propósito que ayude al prójimo y mueren con la seguridad de que lo han logrado. Aunque también he guiado a muchos que murieron con la idea de que sus convicciones y esfuerzos fueron en vano. Eso sí, décadas después encuentro en mi libreta el nombre de alguien que, inspirado, siguió su legado.

Pensé en mi muerte aun al saber que siempre ha estado fuera de mi alcance. Era consciente que tenía mucho tiempo para cumplir la misión que me había impuesto, y en vano las comparaba con los intentos humanos de cambiar su historia.

Pero la realidad es que la lenta —al menos para ellos— marcha de sus años, hace que sus sacrificios sean visibles. Nuestras reglas han sido escritas y cumplidas desde antes de la existencia de los humanos. ¿En realidad es necesario cambiarlas?

Volví a abrir mi libreta en la última página y tuve que pausar mi melancolía. Estaba bastante ilusionada, pero la idea de hablar con mis superiores logró ponerme nerviosa.

Empecé a leer de nuevo mi mensaje antes de llegar al de ellos.

"A quien corresponda:...".

Me gustaba seguir la usanza humana.

"...Soy la Parca cuyo último designado fue Roberto Mejía. Sé que el método con el que hemos guiado a los humanos está pensado para hacer eficiente nuestra labor; no obstante, soy de la opinión que, sin faltarle el respeto a mis superiores, la eficacia no es lo único que deberíamos buscar. Me encantaría reunirme con ustedes para platicar con mayor profundidad.

"Atentamente, Par".

Sigo sin saber por qué no terminé de escribir la palabra "Parca", pero sí recuerdo que mis nervios crecieron al ver ese error tan importante en la primera comunicación que tenía con mis superiores.

—Estamos atentos a tus sugerencias —decía su respuesta.

—¿No deberíamos reunirnos? —escribí de vuelta.

—Este medio ha sido útil por milenios, puedes hacerlo por aquí.

Confundida, pero aún motivada, pensé en las palabras correctas para hablar de la compasión que descubrí con ese último designado.

—La Parca, en vez de ser solo una sombra que observa y guía en silencio, debería también compartir la carga de la despedida. Mostrar empatía que dejará en quien la reciba, una expresión de alivio o, al menos, una nostálgica conexión con las personas de las que no pudieron despedirse al cruzar el umbral.

—Desde que obtuviste tu guion aprendiste que nuestra labor no involucra juzgar las acciones de los humanos. —Sus palabras se imprimían a paso lento en el papel—. Con tu propuesta, respondes a las acciones que hicieron mientras vivían y rompes esa aseveración.

—Pero ¿en serio es mejor no acompañarlos en el juicio que ellos de manera consciente se hacen al darse cuenta de que han fallecido? Es decir, sin saber qué hay en el más allá siguen en la ignorancia de si sus acciones buenas fueron tomadas a su favor, o si las malas se usarán en su contra. Además de sumar las infinitas emociones que se detonan al comprender que jamás volverán a ver a sus seres queridos. Vaya, que ni siquiera experimentarán las sensaciones que les provocan sus objetos y acciones terrenales. ¿En serio es mejor guiar en silencio cuando en su cabeza solo existe el ruido que los acompañará al cruzar el umbral?

Esperé mucho tiempo hasta que por fin recibí una respuesta.

—¿Cuál es tu idea?

—Además de entablar una conversación que les ayude a desahogarse, creo que es importante dejar una conexión entre el fallecido y el que permanece en el plano terrenal, o al menos, la idea de que ese vínculo todavía existe aun cuando ellos ya no están. Un ejemplo es Roberto Mejía, a quien le pedí unas últimas palabras para su familia, y aunque nunca fueron entregadas, su alivio fue inmediato por quitarse la culpa de no haber dicho ni una palabra antes de su partida.

—Te seremos sinceros, desde su creación jamás hemos dudado de nuestro sistema. Más al pensar en la enorme cantidad de fallecidos por día y el gran número de Parcas que nacen para satisfacer esa necesidad.

—Les pido una oportu... —No terminé de escribir la oración. Su respuesta ya estaba escrita.

—Pero, al estar solo encargados de procesar la muerte, reconocemos que la espera se ha vuelto adormecedora. Así que en muchas ocasiones nos interesan las inquietudes de nuestras Parcas. Nos distraen sus intentos de replicar las revoluciones que han logrado ver en la vida terrenal. Y al saber que este momento será un borroso y diminuto número en nuestra abismal estancia como regentes, estamos dispuestos a conocer el resultado de tu experimento.

—Gracias por la confianza. Espero pronto traerles una respuesta.

—No tenemos prisa alguna, Par. Tampoco gran interés. Hasta luego.

Cerré la libreta, sentí la tensión disiparse y con eso, la sensación de mis huesos regresó. Esa respuesta bastó para que una desconocida furia se deslizara por todo mi cuerpo elevando su temperatura. No era un enojo fugaz, no era incomodidad. Era algo más profundo. Más oscuro. Estaba dolida por su condescendencia y por escuchar sin realmente hacerlo. Y con ello descubrí que esa sensación de unos huesos cálidos de frustración se podían usar para arder con propósito. Miles de ideas pasaban por mi cabeza. Supe que la furia era parte de mi cambio. Y muy en el fondo, me gustaba creer que era el principio de mi legado. Revisé con nostalgia cada nombre escrito desde la primera página. Pensé en lo diferente que habría hecho las cosas. Al llegar al de Roberto, lo vi debajo: Javier Anzures. No sabía hace cuánto había aparecido, me apresuré a su ubicación.

Capítulo 4

No me aventuré a conocer Irapuato, iba apresurada a mi encuentro con un nuevo propósito y esperaba no llegar tarde. Mientras caminaba, recorría en mi mente las diversas muertes que había presenciado. Trataba de recordar las reacciones tanto de las almas como de los familiares para llegar preparada con la mayor cantidad de escenarios posibles.

Los nombres de los designados suelen aparecer semanas o incluso días antes de su fallecimiento. Es importante para una Parca no confiarse de ello.

Ahí, en esa casa, solo encontré el cuerpo. La culpa y la angustia iban más allá de haber llegado tarde. La sensación se originó en la cruel forma en la cual Javier murió. Si mi intención era hacer apacible la transición de la vida a la muerte, se necesitaría mucho más que unas simples palabras para calmar a ese designado que lo más probable es que no supo qué hacer al ver su cuerpo sin vida.

Recorrí cada habitación en busca del alma perdida. Sentí pánico. Había fallado en esa única tarea. Regresé a la sala donde estaba el cuerpo y traté de calmarme al recordar que, aunque quería lograr un cambio, mi labor comenzaba hasta el fallecimiento, por lo que de cualquier forma no hubiera podido detenerlo de jalar el gatillo. Mi culpa creció, pero dudo que a los niveles que experimentó Javier.

Vi las cicatrices que la soledad dejó en las paredes. La ropa tirada en el suelo, los platos sucios en el fregadero y la basura desperdigada en la mesa del comedor. Todo eso era testigo en silencio, de una vida que se apagó sin la posibilidad de encontrar consuelo. Las cortinas dejaban ver una tímida luz que generaba una pizca de calor en el ya frío cuerpo. Javier tenía, colocados en diversos muebles, muchos portarretratos empolvados, así como cartas sin abrir en un buró cerca de la puerta de entrada. Y para terminar el recorrido visual, llegué de nuevo a su cadáver frío y descolorido. Estaba tirado en las escaleras y con un orificio que empezaba en su paladar y terminaba en su nuca. Sabía que su alma podría estar deambulando en esa enorme ciudad, alejándose más de donde estaba. Al mismo tiempo pensaba en una forma de ofrecerle consuelo y compasión a alguien que jamás la recibió en vida.

—Javier, ¿todo bien? —dijeron del otro lado de la puerta principal—. Lucía me contó que hace rato escuchó un golpe muy fuerte.

Me quedé callada mientras recogía mi sombrero que había dejado en la mesa del comedor.

—Si necesitas ayuda con algo sabes que estoy para ti —insistió.

Desesperado, intentó girar la manija de la puerta. El seguro se lo impidió.

—¡Javier! Amigo, espero todo esté bien allá adentro. Si no contestas tendré que ir por la llave de repuesto que me diste.

Sostuve firme mi sombrero antes de ponérmelo. Me acerqué a la entrada, quité el seguro. La puerta cedió y el señor entró sin pensarlo dos veces. Estaba frente a mí, pero yo ya no era visible a sus ojos.

Estuvo paralizado un par de segundos. En ese tiempo traté de imaginar lo que pasaba por su cabeza, pero parecía un pizarrón en blanco. Había creído que Javier tomó esa decisión por falta de compasión o compañía. Estaba equivocada. Aquel señor, aún con los ojos llorosos y con arcadas por el olor, caminó hasta esos primeros escalones.

—Ay, mi Javier —dijo tapándose la nariz con su playera. Se sentó a un lado del cuerpo y continuó—. Si hubiera llegado antes. No quiero creer que lo hiciste. Lo entiendo. No te culpo. Tranquilo. Nadie lo hará. Te lo aseguro, te lo aseguro. Justo ayer le platicaba a Lucía sobre lo mucho que me han ayudado nuestras conversaciones. Espero de todo corazón que a ti, por momentos, te hayan traído un poco de paz.

Después de una pausa corta se levantó con prisa y caminó hasta el buró donde estaban las cartas sin abrir. Revisó cada una y luego se dirigió a la mesa del comedor, a la cocina y a los muebles con los portarretratos empolvados. Subió las escaleras y con mucho escrúpulo checó cada habitación. Lo veía tan alarmado que me dieron ganas de preguntarle qué buscaba para poderlo ayudar. Rendido regresó al escalón y volvió a sentarse.

—Sé lo mucho que extrañabas a tu hijo. Tenía la esperanza de que le hubieras dejado algo escrito. Estoy seguro de que habría apreciado lo que me contaste el otro día. Pero no te preocupes, yo me encargaré de decírselo. —Su voz se cortó con esa última frase. Bajé la mirada a sus manos y continuó—. Perdón si hablo mucho, me siento triste.

Javier no dejó ninguna nota. Volví a dimensionar su dolor, el cual le urgió a irse sin hablar, sin pensar, sin despedirse. Con eso en mente, dejé la casa para ir tras su alma que necesitaba de una conversación final.

No fue difícil seguir el rastro. Las Parcas más viejas habían previsto la facilidad con la que se pierde uno, estés vivo o muerto. Desde la puerta de la casa, una delicada sombra fungió de guía para descubrir los lugares que visitó Javier. Dónde se detuvo y con quién quiso conversar antes de darse cuenta de que nadie lo escuchaba ni veía. Con determinación lo perseguí a través de edificios desgastados, calles desoladas y negocios poco concurridos.

Al final, llegué a un parque bastante descuidado. El pasto había crecido alto, la maleza se colaba en el concreto y los juegos de madera estaban enmohecidos. Alrededor de la banca en donde se encontraba Javier con la cabeza entre las rodillas, vi decenas de árboles. Me entristeció pensar que, aun sin vida, siguió acercándose de manera inconsciente al más allá. Con ello el recuerdo de Roberto y su Alzheimer inundó mi mente. Quería que Javier olvidara todo lo negativo para que pudiera cruzar con paz el umbral.

Me senté a su lado y antes de pronunciar palabra alguna esperé a que levantara la cabeza y me viera. No lo hizo, pero sí empezó a hablar.

—¿Te molestaría caminar juntos? —me preguntó—. Estoy consciente de que el infierno me aguarda y prefiero postergarlo el mayor tiempo posible. Además, si eres tú la que decide mi destino, quisiera pedir clemencia, no porque la merezca, sino porque necesito disculparme con alguien en el cielo.

—Estoy aquí con el fin de guiarte al más allá, pero también para escucharte sin juicio ni sentencia. Si lo que necesitas es caminar, hagámoslo.

—Es probable que ya sepas esto. Yo la maté.

El silencio nos sorprendió a ambos. Aun así, no dejamos de caminar.

—Desde pequeño me hice una promesa: jamás convertirme en mi padre. Y con el paso de los años terminé viéndolo en mi desempleo, en mi alcoholismo, en cada uno de los golpes que le di a Marta. Me frustra pensar que tuvo la razón al llamarme mediocre, pero fueron sus reproches los que me llevaron a abandonar la escuela. Todo el tiempo hizo que me creyera pequeño, vulnerable e insignificante.

—¿Qué hacía para hacerte sentir así? —le pregunté mientras se limpiaba las lágrimas.

—Me humillaba con sus colegas, con su familia y también al pedirle un mínimo favor. Lo veía alcoholizarse sin importar la hora del día. No necesitaba terminar la primera botella para ponerse violento y pedirme que le llevara otra. Lo más doloroso era que mi mamá, también víctima de sus arranques, nunca hizo nada para evitarlo. Nunca me protegió.

—¿Y alguna vez hiciste algo para protegerla?

—¡Yo era su hijo! —levantó la voz—. Solo tenía que salir de ahí junto conmigo.

Me quedé callada. Supuse que había dicho algo malo.

—Era necesario independizarme —continuó su relato—. Conseguí un par de trabajos donde el reproche ahora provenía de mis jefes que se quejaban de mi falta de compromiso al tener dos empleos. Y un día se cumplió mi sueño de ver a mi padre muerto por una congestión alcohólica. Pero con ello nos fueron heredadas sus deudas.

—Imagino que fue un alivio también para tu mamá.

—Fue peor. No pasaron ni dos meses y trajo a vivir con nosotros a su nuevo novio. Si con dos trabajos hubiera tenido el dinero suficiente para pagar una renta me habría ido antes. No aguantaba los gritos de ese cabrón que se sentía el dueño de la casa. Pero un día llegó el casero a preguntar por la renta de los últimos tres meses. No quiero hacerte el cuento largo.

Del dinero que le daba a mi mamá para la mitad del alquiler, ella tomaba para comprarle cosas a su novio. Nos gritamos como nunca antes y fue ahí donde me vi reflejado en la figura de mi padre. Le había levantado la mano. Me di cuenta de lo que pretendía hacer. Ambos lloramos.

”Entonces conocí a Marta. Me enamoré, o eso era lo que creía, porque al principio solo buscaba a alguien con quien desahogar mis frustraciones. Ella sabía escucharme y consolarme. Jamás me reprochó por algo. Ni siquiera el día en que la obligué a abortar. Su padre se enteró y la corrió de su casa. Gracias a eso por fin tuve la independencia que tanto buscaba. Mi mamá nos cerró la puerta en la cara. Dos semanas después me enteré de que había muerto a manos de su novio. No fui al funeral, dejé mis dos empleos y volví a escuchar la voz de mi padre llamándome mediocre.

—Te entiendo. —Aunque en realidad no lo hacía, pero fue en esa última frase que por primera vez sus ojos volteaban a verme y no supe cómo reaccionar—. ¿Qué pasó después?

—La mediocridad nos siguió en el camión a otra ciudad. Vivíamos en un cuarto que no dejaba entrar ni un poco de luz. En esa habitación intenté quitarme la vida una y otra vez, pero hasta para eso era un mediocre y cobarde. Eso sí, la calma llegó el día en que Marta trajo el periódico para mostrarme que buscaban empleados en un negocio a unas ocho cuadras de distancia.

Las cosas mejoraron. Tras un par de meses nos fuimos a vivir a un lugar con más espacio. Empezamos a hablar de los temas que los dos habíamos evitado por tanto tiempo. La muerte de mi madre, el accidente de su hermano y hasta me atreví a hablarle de mis intentos fallidos. Te juro, los abrazos que nos dábamos después de esas pláticas, los tengo tatuados en mi memoria. No recuerdo bien la frase, pero siempre citaba un libro que decía que uno de los actos más valientes que puede hacer el ser humano es pedir ayuda. Porque varios creen que significa que te rindes, pero en realidad habla de lo mucho que tratas de no hacerlo.

—Al final tuvieron hijos, ¿verdad?

—Sí. Nunca nos casamos, pero aun así nos emocionamos en cuanto supimos que seríamos padres. Aunque me acabé las uñas de los nervios. No quería replicar los errores que cometieron conmigo. Si yo perdí mi infancia, ¿qué vida podría darle a un niño que estaba por vivirla?

—Ahora tiene sentido lo que dijo el que te encontró muerto. —De inmediato me arrepentí por decir algo tan insensible—. Él mencionó que ibas a escribirle a tu hijo.

—Ramiro, mi vecino. —Hizo una pausa larga seguida de un suspiro—. Fue un buen amigo, pero llegó muy tarde para ayudarme. Aun así, siempre estaré agradecido por su compañía. Es de esas personas que en ningún momento me juzgó por lo que me sucedía. Entendía cuando yo no quería salir de casa, a veces sacrificaba el desayuno con su familia con tal de platicar un rato conmigo. Me recordaba tanto a la paciencia y ternura de Marta.

—¿Cómo murió?

—Creí ser mejor que mis padres. Conforme avanzó el embarazo, empecé a tomar cada vez que podía para olvidar los nervios. Fui un idiota al creer que era el único al que le afectaba convertirse en papá. Me enojé muchas veces con Marta porque no entendía lo que la paternidad causaba en mí. Seguíamos en la misma casa, pero apenas nos hablábamos. El día en que las contracciones fuertes empezaron, ella trató de esperarme el mayor tiempo posible, pero yo estaba inconsciente frente a la tele con una botella medio vacía a mi lado. Ninguno de sus gritos me despertaron, así que corrió a buscar a la vecina que de inmediato la llevó al hospital. Ahí murió al dar a luz.

"Al levantarme lo primero que vi fue el rastro de sangre que iba desde nuestra habitación a la puerta de entrada y de ahí a la casa de la vecina. Su esposo me contó lo sucedido y manejé tan rápido como pude al hospital.

"Hasta el día de hoy, sueño con ese día. Siempre el mismo recorrido. Entro a la sala de espera y mi vecina me grita, entre lágrimas, en cuanto me ve. La doctora me repite lo sucedido y me reprocha lo crítico que fue el tiempo. El policía me interroga porque le advirtieron que las complicaciones podían derivarse de un golpe o empujón.

"Aun con los moretones en el cuerpo de Marta, no me quitaron la custodia de nuestro hijo. Toda mi vida estuvo llena de miedos que crecieron al ver que tenía los mismos ojos que ella. Sentía que cada vez que daba un paso adelante, sin perder el tiempo retrocedía tres. Recuerdo los cumpleaños desastrosos que le organicé, la vergüenza que le hice pasar cuando llegaba borracho por él a la escuela y me ponía a discutir con las maestras para que me lo entregaran. En él veía la decepción que Marta hubiera sentido.

"La promesa de dejar el alcohol se volvió una mentira conocida. Pensé en de nuevo quitarme la vida, pero una pequeña parte de mí, la menos egoísta, se preocupaba más por mi hijo. Hasta que él creció y sin avisar, se subió a un camión con la promesa de no cometer los mismos errores que yo. Todos estos años mantuve la esperanza de verlo cumplir su palabra, pero casi no hablamos. Solía ponerse en contacto por la nostalgia de nuestra pequeña familia, aunque me costaba mucho alargar la conversación sin sentir que volvía a tropezar. Supe que se casó, tuvo hijos y vivía feliz. Y supongo que llegó el día en que necesitó despedirse de su pasado, porque dejé de recibir sus llamadas. No me atreví a hacerlas yo. Ahí fue cuando compré la pistola. Pensaba que solo así detendría el miedo y la culpa. —Lento, bajó la mirada a sus manos ansiosas—. Veo que no es así.

Su rostro expresaba la tristeza de toda una vida. Caminamos en silencio unos minutos más. Trataba de encontrar las palabras correctas para consolarlo, pero tenía la mente en blanco. Así que pensé en la eficiencia que predicaban mis superiores y leí mi guion al mismo tiempo que le ofrecí mi mano para trasladarlo al umbral.

—Antes de cruzar, ¿hay algo que te gustaría decirle a tu hijo? —le pregunté.

—¿Me llevarías con él? —respondió con una pizca de esperanza.

—Yo le transmitiría tu mensaje.

—Entonces no. Ojalá ahí tenga la oportunidad de disculparme en persona —dijo mientras señalaba el árbol—. Esta vez no tendré miedo de hacerlo.

Y caminó al más allá.

No le di consuelo, no logré aliviar nada. De regreso a su casa me regañé por no haber hecho más. Estaba segura de que pude haber estado a la altura de sus necesidades.

Nadie me vio atravesar las cintas amarillas. Entré a la casa para quitarme el sombrero y dar un último respiro en ese lugar, pero el interior no estaba vacío. Vi cuando sacaron el cuerpo de Javier cubierto con una sábana y pensé que en estos últimos años no había necesitado de un sombrero como el mío para pasar desapercibido. Suspiré y me alejé sin prisa alguna. De manera constante me fijaba en mi libreta. Tenía que estar lista en cuanto apareciera el siguiente nombre.

Capítulo 5

—Rosa Vidaña, tu travesía en este mundo ha llegado a su fin. La vida que tuviste no será juzgada más que por ti misma. Lo que has vivido no se mide en términos de bondad o maldad, ya que, a diferencia de las creencias humanas, las Parcas no somos juezas de tus acciones. Deseo que en este tiempo puedas hacer las paces con tu consciencia. Mi única tarea es guiarte hacia el más allá, por lo que te pido sujetes mi mano hasta que hayas cruzado el umbral. Si tienes alguna duda, puedes preguntar.

Esa fue la primera vez que cambié mi guion.

—Temo haberme equivocado —contestó—. Todo este tiempo creí que al morir, no sucedería nada más. Sin duda hubiera preferido que fuera así.

—¿Acaso no prefieres el descanso eterno que tanto desean los humanos?

—No. Mi vida ha sido plena. Tengo… perdón, tenía noventa y tres años. ¿Qué más se supone debía hacer? Ya de por sí estaba consciente de que no me quedaba mucho tiempo, y te aseguro eso jamás fue razón para sentirme triste, sobre todo porque ya me dolían bastante los pies. —Rio mientras veía como giraba sus tobillos sin dificultades.

—Son pocos los que no se asustan con el concepto de la muerte.

—Qué te puedo decir... disfruté mis días. Fui feliz. Siempre quise enfocarme en vivir una buena vida, sin tener que morir y buscarle sentido a otra.

—¿Ni siquiera de pequeña le temiste?

—Claro que sí, pero en las noches que iba con mi madre y lloraba junto a ella en su cama, me decía que lo maravilloso de morir es que te da la oportunidad de disfrutar la vida que recibiste. Así que conforme crecí, perdí los miedos y los transformé en obsesiones. Y te juro que ni la edad, ni el dolor de rodillas, ni la falta de apetito o sueño detuvieron mis pasiones.

No pude evitar sonreír al pensar en cómo la muerte generaba en las almas una intrigante necesidad de conversar.

—Levantarme de la cama ya me quitaba varios minutos de mi día, pero mis brazos todavía podían sujetar la cámara, mis piernas lograban recorrer las calles que me vieron crecer y mis ojos, aun con estos lentes gruesos, me dejaban admirar el desorden de un universo que no necesita de un creador para vivir. Y ese caos era fascinante de capturar. Maravilloso era el día en que no sabía qué aparecería en el lente de mi cámara. Amo la soledad de estar en el cuarto rojo y sorprenderme de que todavía con esta edad podía enfocar bien. Aunque también disfrutaba ver a la gente en la galería cuestionarse porque una foto estaba borrosa. A veces le daban un significado tan profundo que me botaba de la risa. ¿Qué tanto necesitas conocer de alguien para tu trabajo? ¿Sabías que mis fotos eran bastante celebradas?

—Llevo pocos días observándote —le contesté—. Solo tenía el conocimiento de que tu momento estaba cerca, pero nunca sé el momento exacto. Así que recorrí contigo parques, fuentes y restaurantes. Descansé cuando no podías seguir con tu caminata. También te vi despertar en las madrugadas para ir a ese cuarto rojo en donde revelabas las fotos del día. No alcancé a ver tu trabajo en una exposición. Pero me encantará verla una vez que termine de guiarte. ¿En qué zona de la ciudad está?

—Ya tiene tiempo que no ponen una, al menos no dedicada a mi trabajo. Me incliné por ya no compartirlo porque al hacerlo dejaba de ser mío, y por más que de joven eso me hiciera sentir satisfecha, con los años cambió el sentimiento. Además, era mi momento de volverme espectadora de los nuevos talentos y dejar a mi mente vieja disfrutar.

—Entiendo.

—Pero, si en verdad quieres ver lo que hacía. Regresa a mi casa y en la habitación contigua a la mía encontrarás muchas fotografías empolvadas. María siempre quiso que las vendiera. Es mi... era mi mejor amiga, jamás dejó de apoyar mi arte. La quería... La quiero mucho. —Se interrumpió a sí misma y explicó—. No sé qué tan correcto es decir que la sigo queriendo, pero como siento todavía la nostalgia de mi muerte, me daré el permiso de hacerlo. Quiero mucho a María.

—Si es algo importante, podría pasarle un mensaje.

—No será necesario. Ambas sabíamos del poco tiempo que nos quedaba, así que no dejamos nada guardado... nada. Dices que como Parca no te es permitido juzgarnos, ¿cierto?

—Es correcto —contesté un poco confundida.

—Pues hablamos de los momentos en que nos odiamos, en los que más nos quisimos y también en los que deseamos ser algo más. Por suerte, a cada una nos distrajo el amor a nuestro trabajo.

Hasta el día de hoy sigo sin entender por qué creyó que la juzgaría con ese comentario. Cosas de humanos.

—Ahora que lo pienso, creo que sí es mejor que haya algo después de la muerte, tal vez en esta nueva vida, dejemos de hablar y nos permitamos sentir —dice mientras empiezo a dirigirme a un árbol y hago la señal para que el umbral aparezca—. ¿Podrías decirle que se quede con todas esas fotos viejas? Me agrada pensar que seguirá admirando mi caos.

—Te aseguro que así será —le contesté sin poder mirarla a los ojos.

—Sabes qué, mejor no. Terminará enojada por darle más cosas cuando ya trata de deshacerse de todo. Pero hay una foto que sí me gustaría que tuviera. La tomé desde mi ventana después de que tocara el timbre de mi casa. Esperaba a que le abriera la puerta y se veía tan bonita… ¿Sería mucho inconveniente? —preguntó con una voz dulce.

—Ninguno —volví a mentir.

—Gracias —dijo con un pie ya dentro del umbral—. Lo más probable es que se asuste mucho al verte, dile que me reí de nada más pensarlo.

—Gracias a ti, por confiarme tu historia.

Ya nadie estaba para escucharme. Desapareció, junto con su ilusión de tomar una última foto.

Toda su vida le tuvo miedo a la muerte. Le dio cáncer en sus pulmones y esa fue la única forma en la que la aceptó. Sus hijas le lloraron, su esposa le acompañó hasta su último tratamiento. Tenían una foto en la sala donde él hacía sonar una campana en forma de celebración porque había entrado en remisión. Cuatro meses después de ese día tan alegre, falleció. Le pregunté si quería dejarle algunas palabras a su esposa o hijas. Habló de su familia, del dolor que los unió todavía más, de las cenas llenas de anécdotas de su juventud, del día en que se convirtió en papá, y de cómo le hubiera gustado verlas crecer aunque sea un par de años más. Me contó del arroyo cerca de su casa, a donde iba cuando se sentía solo. Mencionó el ruido del agua, la tierra bajo sus pies y el sol en su piel. Me pidió decirles que si lo extrañaban, fueran a acompañarlo a ese lugar. Que sacaran las fotos de los álbumes y las pusieran en portarretratos o las pegaran en el refrigerador. Quería que las duplicaran y las regalaran entre sus familiares y amigos. Detestaba la idea de que lo dejaran morir.

—¿Estás segura de que estoy muerto? ¿No las podré abrazar de nuevo? —Esas fueron las últimas palabras de Hugo Fuentes antes de cruzar el umbral.

No supe a qué pregunta contestar primero por miedo a dar una respuesta que lo agobiara más y también porque por dentro me cuestionaba si le asustaba más morir o ser olvidado.

Su mamá, cuando era pequeño, le dijo que en el momento en que viera una mariposa significaba que un ser querido fallecido estaba de visita.

Sin darme cuenta, el nombre de Paula Juárez apareció mientras veía a Homero Gómez cruzar el umbral. Por suerte, esperaba tranquila en la cama de su casa, donde me contó que semanas antes de morir escuchó a un pajarito que piaba en la madrugada.

—Me puse triste al pensar lo que llevó al pobre animalito a pedir ayuda a esas horas en las que suelen dormir. Igual y se cayó del nido. O tal vez dejó de sentir que donde estaba era su hogar. No tardó mucho en perder la voz y su canto se hizo más suave. A la mañana siguiente no lo oí más. De todo corazón espero haya encontrado la compañía que tanto buscaba porque aunque sea por una noche, él hizo que me sintiera menos sola.

—No dudo que también se sintió acompañado por ti.

—Lo único que sé es que me ayudó a recordar la época en la que vivía con mis papás. Muchos pajaritos morían al estrellarse con los ventanales y por alguna razón me impuse la tarea de enterrar a cada uno en el jardín. Lloraba mucho al ver sus cuellos rotos y sus lenguas en busca de un poco de agua. Mi papá compraba semillas de girasol para aquellos que sobrevivían al impacto y se alegraba conmigo en cuanto veíamos a alguno volar tras la cerca de la casa.

Con varios cumplí mi función, con otros no. Sabía que jamás envejecería, pero aun así me preocupó perder la capacidad de encontrar formas distintas de guiar a cada humano. Y aunque mi trabajo como Parca estaba consolidándose, necesitaba encontrar una manera universal que aliviara el dolor de todas las almas. Porque lo que funcionó con Rosa, Hugo, Homero o Paula, no serviría con otras personas.

La grieta en mi costilla se había extendido un poco en tamaño, pero decidí no darle tanta importancia. Experimentaba muchas emociones desde que nacieron dentro de mí, y cada día descubría una nueva. Me forzaba a guardarles un significado en mi memoria a través de aquellos nombres que fueron parte de mi proceso en encontrar la solución que aplicara para todos.

Capítulo 6

Cometí un error. No me apenaría contar esto si no hubiera tenido consecuencias, pero por mi culpa la muerte de un ser humano se adelantó.

En vez de regresar a la casa de Beatriz, decidí aventurarme una vez más y fui directo a donde vivía su hija. Las palabras que iba a transmitirle estaban claras en mi mente. Me ponía nerviosa intentar algo nuevo, pero había repasado mi plan una y otra vez. Necesitaba proveer alivio a ambas partes. Y hasta ahora solo me había enfocado en el lado de los fallecidos.

Lo primero que vi al entrar a la casa fue al esposo de Luisa. Estaba dormido frente al televisor. Recorrí varias habitaciones hasta que encontré la principal, en donde Luisa estaba en un sueño profundo. Ambos descansaban sin saber que al despertar al día siguiente, empezaría una semana desoladora. Mientras caminaba hacia la cama, pensé en la preocupación que externó Beatriz sobre su hija. Siempre fue una madre temerosa de verla acorralada por la ansiedad, las dudas y el resentimiento. Dijo que todos los días rezaba por ella y que continuaría aun muerta.

Me aseguré de que Luisa estuviera dormida y, aunque no pudiera verme si despertara, me mantuve cautelosa y precavida. Respiré profundo mientras me armaba de valor. Saqué mi libreta donde anoté las últimas palabras de Beatriz y coloqué mi sombrero sobre la cama y me senté. En cuanto me acerqué a su oído y empecé a leer el mensaje, noté sus manos tensas.

"Mija, recuerda que quiero ser cremada y enterrada junto a tu padre. Ya dejé pagado el mantenimiento de la cripta por los próximos veinte años, así que ponte un recordatorio para que no se te olvide seguirla liquidando después. Te encargo a Lolita, sé que en tu departamento no aceptan mascotas, así que búscale un hogar y ahí déjales su medicamento que está en mi buró. Es una pastilla por semana. Ya te imaginarás que no esperaba morir hoy, pero este amable ángel me dijo que podía dejarte un mensaje. Así que anótalo".

Las manos de Luisa se relajaron y una ligera sonrisa apareció en su rostro. La emoción me desbordaba. Mi experimento funcionaba.

"Lleva mis libros con tu tío Braulio. Los platos que me trajo tu papá de Colombia quédatelos y también ve con el Padre Raúl para que oficie las ceremonias de mi novenario, a las cuales te pido de favor que asistas, no se te acabará el mundo por ir a una misa. Agarra el dinero que está bajo mi lavabo para que sigas comprando tu medicina. Vas a ver que con la ayuda de Dios vas a mejorar bastante, y tal vez por fin se animen a darme nietos. Te quiero mucho, nena. También a Lalo. Si Dios nos lo permite, te estaremos esperando tu papá y yo".

Me distraje en la lágrima que recorría la mejilla de Luisa, con sus manos libres de tensión y con mi satisfacción al sentir que había logrado ayudar a ambas mujeres. Por eso no escuché cuando se abrió la puerta de la habitación. Lalo me miraba petrificado y con los ojos desorbitados.

—¿Quién carajos eres tú? —dijo con la voz temblorosa.

No sé quién estaba más asustado. Me levanté de prisa. En cuanto me vio con más claridad su expresión se perturbó aún más. Sentí eternos los segundos que me tomó agarrar mi sombrero. Jamás dejamos de hacer contacto visual.

Estaba indecisa en si contestar a su pregunta. Se me ocurrían miles de respuestas, cientos de excusas y decenas de explicaciones, pero ninguna me parecía correcta. Así que decidí solo desaparecer con la esperanza de que Lalo pensara que todo había sido una ilusión. Con el sombrero en mi cabeza seguía llena de pánico, no me permití hacer ningún movimiento más. Lalo todavía se quedó paralizado unos minutos más. Parecía un juego de estatuas. El primero en moverse perdía. Gané. Su mirada recorría toda la habitación y en cuanto el color regresó a su cara, caminó hacia la cama para despertar a Luisa. Le habló con un susurro que ni él mismo escuchó. Ella se espabiló y atendió a las descripciones que Lalo le hizo de mi traje, mi sombrero y mis huesos tan blancos como la leche. Ella lo atribuyó al cansancio y lo tranquilizó con un abrazo. Le pidió que descansara y aunque ambos se recostaron, ninguno pudo dormir hasta ya entrada la madrugada. No quise alejarme ni un segundo de esas cuatro paredes, porque el miedo me destrozaba los nervios. No importaba que la oscuridad de la noche inundara la habitación, yo me sentía expuesta. Como si un haz de luz estuviera sobre mí y el mundo me observara con esa mirada que solo los humanos son capaces de dirigir. No sabía qué hacer. Sentía la necesidad de hablar con alguien. Maldije de nuevo la soledad de nuestra tarea. No aparté la mirada de Lalo, al menos hasta que el teléfono sonó al amanecer.

Me arriesgué y las cosas no salieron como quería. Traté de consolarme al pensar en lo que habían dicho mis superiores: "En esta interminable existencia, un error garrafal es y será minúsculo". Luisa estaba conmocionada después de colgar, destrozada por la noticia de su madre, pero también por el sueño que tuvo esa noche. Entre lágrimas le platicó a Lalo lo poco que recordaba y cómo estaba segura de que había sido una despedida. Su esposo rememoró su visión de la noche anterior y ambos no podían creer que fuera una coincidencia. Ver sus conclusiones avanzar me estremeció.

Entre el susto de haber sido vista por un humano, también floreció la curiosidad. Pensé en lo mucho que hubiera disfrutado mantener una conversación con él. No solo quedarme con la historia de Beatriz, sino leer las páginas completas de su vida. Qué interesante sería conocer con mayor profundidad sus miedos, los motivos de su felicidad y observar cómo una persona tan joven, al igual que Lalo, puede envejecer y cambiar. Aun con todo lo que había aprendido de los humanos, la confusión sobre muchos otros temas me emocionaba. Quería saber qué es lo que hace que el pasar del tiempo se sienta más rápido para ellos, qué acelera sus corazones y cómo sobrellevan todas las experiencias vividas. Ser una Parca es monótono, el propósito no da paso a la incertidumbre.

Mi tren de pensamiento se detuvo cuando Luisa y Lalo empezaron a hacer llamadas para contar lo sucedido anoche. Y fue ahí donde cometí mi segundo error. Ahora estoy segura de que no hubiera pasado a mayores, pero el pánico empezó a mostrarse en mi grieta que, con cada segundo, parecía crecer con el objetivo de destrozarme por completo. Sin saber qué hacer me levanté la camisa para ver la apertura en mi costado, hasta que la urgencia me llevó a sacar mi libreta y mandar un mensaje a mis superiores contándoles lo sucedido.

Un humano me había visto. Necesitaba ayuda.

Percibí un ligero alivio que detuvo el crecimiento de la grieta, como si la emoción que sentía se hubiera transferido a la hoja y tinta.

No pasaron más que un par de minutos cuando una ráfaga de luz apareció frente a mí, mostrándome un rostro idéntico al mío. Mi mentor, con una expresión de hartazgo, caminaba en mi dirección.

—¿Quién fue? —desvió su mirada hacia la cama en donde los esposos pensaban a quien más llamar.

—Lalo —contesté.

—¿Me explicas por qué carajos no tenías el sombrero puesto?

—Ella es Luisa —la señalé—. Le leía las últimas palabras de su madre que falleció anoche. Pero me aseguré de que no estuviera despierta, no pensé que Lalo entraría. Te juro que estaba también dormido.

—Ah, cabrón, ¿y no te quedó claro que no se interactúa con los vivos? —Pareció crecer unos centímetros más.

—Solo quería ayudar a mi designada. Deseaba transmitir sus últimos dese...

—No —me interrumpió—. Recuerda, recoges a tu muertito y lo llevas a un árbol. Sin complicaciones. Solo cumple tu trabajo sin pensar en otras estupideces.

—Pero hablé con los superiores.

—Lo sé, ellos me mandaron a resolver este desmadre —dijo con una sutil sonrisa.

—Me refiero a mucho antes, hablamos sobre mi idea para mejorar nuestra labor como Parcas. Quería hacer la transición más empática. Tú y yo sabemos que al morir tienen muchas emociones, nosotras deberíamos procurar que las procesen mejor antes de cruzar el umbral.

—Escucha —dijo con un tono más amigable— no entiendo de donde nace todo esto, pero de nada servirá.

Le mostré la grieta. Me temblaba la mano que sostenía mi camisa. No esperaba su reacción. Una mezcla de compasión y nostalgia que rápido se transformó en furia.

—Si crees que eso significa algo, estás equivocada. —Levantó su camisa y vi una cicatriz en la misma zona—. Ya te dije, aquí no hay recompensas. No te van a dar un premio por preocuparte por los muertos. ¡Ya! Se acabó su tiempo. Que crucen y a la chingada. Te vas con el siguiente que va para el mismo lugar.

—Pero…

—No hay nada al cruzar el árbol, da igual si se va feliz, asustado o triste.

—Pensé que ninguna Parca sabía qué hay tras el umbral.

—Nadie ha cruzado, pero es lo más lógico. ¿Para qué diablos morir si tendrás otra vida en el más allá? Es simple, se acaba y punto. Todo es negro, no hay recuerdos, no hay nada.

—Dijiste que te mandaron a resolver esto —contesté con molestia—. ¿Qué se supone que vas a hacer?

Sonrió con malicia y dijo:

—Haré nuestro trabajo. Solo tengo que esperar.

—¿Qué cosa?

Me mostró su libreta.

—¿Lalo? —lancé otra pregunta.

Nos distrajimos con la repentina y agresiva tos que provenía de la cama. Luisa soltó el teléfono y se acercó a su esposo. Profirió un grito cuando vio borbotones de sangre que manchaban todo a su alrededor. Insistente preguntó qué sucedía, pero a modo de respuestas solo recibía más sangre. Traté de acercarme, pero mi mentor me sostuvo del brazo. Luisa regresó al teléfono y llamó a emergencias.

—Todavía no te explico el castigo que te impusieron los superiores. Así que ahorita más te vale quedarte callada o te irá mucho peor.

Apenas escuché la amenaza, estaba absorta en la escena.

Borrarles la memoria, así como hicieron con Roberto, habría sido la mejor opción. Jamás imaginé que adelantarían la muerte de Lalo y menos que me forzarían a ver a mi mentor burlándose. Empujaba su alma hasta el árbol más cercano. No me atreví a levantar la voz por miedo a que le hicieran algo aún más doloroso. Todavía al verlo cruzar el umbral, advertí en su playera las manchas de sangre.

Sentí temor ante las consecuencias que me esperaban en cuanto regresara mi mentor. Todo el tiempo se repetía en mi cabeza que los errores pasan desapercibidos en la infinita existencia de mis superiores. Con ansias busqué compasión. La necesitaba, al fin y al cabo, mi labor prometía un cambio positivo. Pero al escuchar mi castigo, entendí el peso de un minúsculo error.

Sentí escalofríos al ver a mi mentor entrar de nuevo en la habitación. Doscientos años guiando almas de diversas edades, pero todas cerca de cumplir la esperanza de vida de su época. Personas desde los cuarenta hasta los noventa años, que dejaron implícito que la muerte también los asustaba, aun cuando reconocieron que los esperaba a la vuelta de la esquina. Mi mentor recapituló esto para explicarme que así está dispuesto con las Parcas jóvenes que apenas aprenden sobre la humanidad.

—¿Qué crees que es más fácil? —preguntó con una sonrisa burlona—, ¿guiar a un adulto que entiende y acepta la existencia de la muerte?, ¿o a un joven que a su corta edad se siente invencible e inmortal?

Sonrió más cuando me quedé callada.

—Los ancianos han vivido mucho. Han sufrido, querido, odiado, llorado y reído. —Hizo una pausa. Esperaba una reacción—. Pero los más jóvenes apenas experimentan todo eso por primera vez. Es más, varios ni son conscientes de que su vida terminará en algún momento.

—¿Por qué me dice esto? —pregunté con un nudo en la garganta. Ya conocía la respuesta.

—Si eres un personaje temido entre los ancianos, ve preparándote para saber lo que es ser una pesadilla en la mente de un niño, un adolescente, o un joven al que la muerte le arrebata sus sueños.

Y sin más que decir, se fue.

Estaba pasmada ante el cambio. Procesé todos mis pensamientos y llegué a la conclusión de que no era un castigo tan excesivo. Era cuestión de encontrar esa primera alma para darme una idea de lo que me esperaba. Aun así, estaba sumida en la tristeza. Cada vida o muerte que intentara mejorar, podía suponer arruinar muchas más. Tenía que ser más cautelosa. No volver a cometer errores. Detestaba la idea de cargar con la muerte de un humano que no merecía ese destino. La responsabilidad era mía y aun así no tuve el corazón para quedarme y ver a Luisa, que todavía esperaba la ambulancia, llorar una segunda muerte.

Puse mi mano en la grieta y con desesperación intenté cerrarla. Traté de regresar a ese momento en el que nacieron estas emociones que, más allá de ayudarme, me trajeron una constante incertidumbre y dolor. Quería olvidar la alegría que me traen los rayos de sol sobre mis huesos, la tristeza de ver a una familia en luto, el enojo de ver a una sociedad que lleva a varios a buscarme. Anhelaba ser la Parca de antes. Deseaba no sentir.

Miré en mi libreta el nombre de Beatriz Olmedo. Bajo ella, ya había uno nuevo. Me espabilé al pensar en lo distinta que sería mi tarea, agarrándome, con las puntas de mis dedos y con todas mis fuerzas, a esa vieja sensación de esperanza. Leí la edad de Natalia. Suspiré.

Capítulo 7

Como si empezara desde cero, no tenía ni una pizca de confianza sobre lo que estaba por hacer. Década tras década escuché y vi las reacciones que la muerte provoca en los adultos, así que la diferencia en el desafío despertó mi curiosidad por conocer las de alguien tan pequeña como Natalia. Todo el trayecto hasta su hogar pensé en las opciones que tenía para lograr una conexión genuina con ella, pero al estar frente a la puerta de su casa seguía la incertidumbre. Y recuerdo que antes de entrar para conocerla, una pregunta me aterró: ¿Cómo muere alguien a tan corta edad y por qué los superiores lo dictaban? Solo me quedaba esperar a que la muerte de Natalia me diera la respuesta.

Dani, como de costumbre, estaba sentada en el sillón mientras veía la tele. Nati, en el suelo, construía un castillo con los bloques que le regalaron en su séptimo cumpleaños un mes atrás. Ambas comían frituras del mismo plato, estirándose más de lo normal para que ninguna tuviera que levantarse por la comida. Una acercaba la mano, la otra masticaba. Daniela, cinco años más grande, reía con su caricatura y Natalia la acompañaba sin saber qué era lo divertido. En cuanto las llaves sonaban del otro lado de la puerta, corrían a máxima velocidad para recibir a su mamá que siempre llegaba agotada del trabajo. El ruido de la tele y los bloques que caían en cámara lenta se quedaban en segundo plano mientras la abrazaban.

Al preparar la cena le contaban todo lo que aprendieron en la escuela, lo que jugaron en el recreo y lo que hacían antes de que llegara. Llevaba dos semanas en esa casa, por lo que no pude evitar verme reflejada en la mirada cansada de la mamá que extrañaba tener una conversación más profunda y compleja. Aun así, ambas sonreímos al ver esas caritas llenas de felicidad que de improvisto cambiaron de tema e insistían en mostrarle el castillo que construían.

—Ahorita se cayó una torre en cuanto me levanté, pero Dani me ayudó a colocar esta puerta por donde entrarán la reina y el rey.

—Y ya le prometí a Nati que le prestaré mi bufanda azul para que haga un río alrededor en cuanto haya terminado el castillo.

—Se ve precioso. No dudo que se verá increíble cuando lo acaben. Pero vamos a cenar que ya casi es hora de dormir. ¿Ya hicieron su tarea? —añadió su mamá con una sonrisa.

Ante el silencio y las miradas juguetonas las mandó a hacerla mientras ella terminaba de cocinar.

Después de cenar, vigiló que se lavaran los dientes. Preparó los uniformes del día siguiente, revisó su tarea, fue con cada una a su respectiva cama y les dio un beso en la frente.

—Descansen, monitas —susurró antes de cerrar la puerta para que la luz del pasillo no las despertara.

—Buenas noches, ma.

—Sueña bonito, mami.

Para mí esas palabras significaban que era hora de dejar descansar a Nati de mi incesante vigilancia. Me interesaba mucho conocer a la mamá que no desaprovechaba ni un momento después de entrar a su habitación para sacar su diario del buró. Cada lunes, sin falta, usaba esa libreta y anotaba todo lo sucedido en los últimos días. Se desahogaba del trabajo, escribía sobre lo que platicó con sus hijas, también de la llamada semanal a su papá y cualquier detalle que creyera importante. Me pareció una preciosa forma de retener esos recuerdos o al menos para saber que estarán ahí si algún día los necesita.

Ese día escribió sobre cómo el martes pasado recogió a las niñas con la vecina porque Dani perdió su juego de llaves que le dio para poder entrar a casa al salir de la escuela, pero al menos ya habían hecho la tarea porque la mamá de su amiga era más estricta con eso. El miércoles discutió con su compañero de trabajo que registró mal el proyecto por el cual ella pasó estresada varias noches. Gracias a eso ya no se había entregado a tiempo. Lo peor es que ese día Nati tiró por accidente su cena y le tuvo que dar su plato. Amaneció con hambre el jueves, pero el día mejoró porque no hubo tráfico hacia su oficina. Puro verde. Eso sí, su jefa la regañó por no entregar a tiempo el proyecto, y eso que se lo encargó con mucha anticipación. Mientras sus compañeros se iban a comer, le marcó a su papá.

—En serio. —Soltó una carcajada—. Anoche me dormí hasta tarde por pensar en lo que decía mamá. Siempre las semanas antes de tu cumpleaños te angustias porque te estás poniendo más viejo.

—Pues tú tampoco andas tan lejos, mija. ¿Cómo siguen las niñas?

—Emocionadas de verte. Dicen que mañana harán la tarea todavía más temprano para poder armar sus maletas ellas solitas.

—Me encanta verlas —dijo con ternura y después de una pausa, continuó—, igual a ti, Elisa.

El viernes por la mañana olvidó a Nati porque creyó que ya se había subido al coche. Siempre se quedaba dormida al encender el motor, así que no la sorprendió el silencio. Ese día llegó tarde al trabajo, pero no importó por el festejo que le hacían a una compañera. Regresando a casa ayudó a las niñas a terminar de armar su maleta porque metían más juguetes que ropa.

—Ma, ¿podemos llevar el castillo? —preguntó Dani—. Así el abuelo podría ayudarnos a hacerlo todavía más grande.

—Será mejor cuando esté terminado, así se llevará una sorpresa con su talento para construir. —Esa fue la excusa que se le ocurrió con tal de no llevar algo tan grande. Después pensaría en otra.

Como todos los viernes, salieron camino a la ciudad del abuelo para pasar el fin de semana ahí. Tres horas continuas mientras cantaban sin cesar las canciones favoritas de Elisa. Las pequeñas entendían poco el significado de las letras, pero les gustaban.

El sábado despertó con olor a café recién preparado por el abuelo y platicaron un buen rato en la cocina mientras las niñas despertaban. Hablaron de su compañero incompetente, él le contó de su hermana que a veces lo visita junto con sus hijos y la plática fluyó entre susurros que dejaban ver una sonrisa ocasional. El domingo pasaron a la farmacia a comprar la medicina del abuelo, después visitaron a su tía y cerraron la tarde con muchas risas, pizza y anécdotas que repetían en cada reunión familiar. Se subieron al coche y desde la ventana en movimiento se despidieron. Lista para manejar sonrió con una nostalgia reprimida y con la satisfacción de haber reconstruido la relación con su padre. Nati y Dani, a gritos, les prometieron a sus primos llevar el próximo domingo el castillo que estaba en proceso de construcción.

Elisa cerró con delicadeza el diario y lo puso de vuelta en el buró para rápido esconder esos recuerdos que a veces no la dejaban dormir. Sin poder conciliar el sueño se levantó y la seguí hasta la habitación de las niñas. Se quedó recargada en el marco de la puerta para observarlas descansar. Ambas vigilábamos. Elisa sonrió y me regresó a la realidad. Recordé que en cualquier momento esa sonrisa se perdería y pasaría mucho tiempo antes de que esas paredes volvieran a verla. Sé que no fui la única con el impulso de despertarlas y crear más memorias con el poco tiempo que teníamos con ellas.

Elisa volvió a su cuarto. Yo preferí quedarme para aprovechar mis días con Nati.

Simpatizaba con el abuelo de las pequeñas, esperaría una semana para volver a verlas. Alejarse de alguien tan querido es como aguantar la respiración. Entre más tiempo pasa, más incómoda es la sensación. Hasta que sucede el reencuentro y el aire entra sin dificultad. Cuando pierdes a esa persona, es como vivir en una constante búsqueda por el oxígeno que te falta.

Sentí un dolor punzante en mi grieta al pensar en lo mucho que me permití conectar con mi designada, pero mi excusa era que, al conocerlos en profundidad mientras todavía vivieran, me ayudaría a tener recursos de donde apoyarme al momento de guiarlos. Y aunque soy una simple espectadora, no pude evitar sentir una embriagante tristeza por pensar en el duelo que sufrirían Elisa, Dani y el abuelo de Natalia. No me incluyo en la lista, porque para ese punto ya lo experimentaba.

Era un viernes, y mientras ambas pequeñas armaban sus maletas sin ayuda de su mamá, me ilusioné creyéndome parte del viaje que estaban por emprender una vez más. Elisa encendió el motor del coche. Olvidé mi papel de Parca y me senté en el vacío asiento del copiloto. Dani ayudaba a Nati a ponerse su cinturón. Entre ellas, descansaba el castillo morado que su mamá se resistía a llevar. Un bellísimo atardecer nos acompañó en cuanto iniciamos el trayecto. Observé los edificios bañados con la luz del sol a la par que ponía atención a las voces animadas en los asientos traseros. Qué fascinante, en el mundo terrenal, esa cuestión de disfrutar un par de minutos en los que la oscuridad se apodera de la ciudad, para que esta se defienda con la luz artificial de las casas, negocios y coches.

No llevábamos mucho tiempo de trayecto cuando sonó el teléfono de Elisa.

—Salimos hace media hora, papá —exclamó molesta—. ¿En serio es urgente?

—Me la debí tomar desde el martes —respondió con culpa—. Ya no soporto el dolor y apenas me acordé de que la dejé en tu bolsa cuando fuimos con tu tía la semana pasada.

—Bueno, pero no traigo esa bolsa. Ahorita que llegue te la voy comprar a una farmacia.

—Recuerda que aquí cierran temprano, hija. Y como es antibiótico no te la venden sin receta.

—Voy a perder una maldita hora en ida y vuelta, si es que no me toca más tráfico. —Se calló. Trató de controlar su enojo—. Está bien, ya. Al rato hablamos.

Tres intentos le tomó colgar, así que llegó a escuchar un susurro de disculpa.

Buscó un retorno y ni se esforzó en dar explicaciones a las niñas porque ya estaban dormidas. Apagó la música y aceleró más de lo normal para tratar de recuperar el tiempo que iba a perder. En mi cabeza pasaron cientos de preguntas: ¿Así que aquí va a ser? ¿En camino a casa para recoger unas pastillas olvidadas?

Es raro tratar de adivinar el momento de la muerte de un designado, pero en casos como ese era inevitable hacerlo. Más al ver la ira en las manos tensas de Elisa que agarraban el volante con más fuerza que antes, los faros que iluminan una carretera oscura, la velocidad que en un instante se puede convertir en tragedia. Quería cerrar los ojos, pero necesitaba estar alerta. Me pasé a la parte de atrás y me senté junto a Nati. La abracé. En mi grieta comenzó esa punzada con sabor a despedida. La melancolía me aturdió.

El coche aceleraba más y más. Solo se detenía en un ocasional semáforo o cruce. Las ventanas cerradas limitaban el sonido del exterior, pero aun así se colaba el ruido del viento que chocaba contra el metal del vehículo. Las pequeñas se despertaron después de que Elisa se pasara un tope. Empezaron a hacer un montón de preguntas que de inmediato callaron al ver a su mamá tan molesta.

Llegamos a casa y suspiré al sabernos alejados del peligro. Esperamos las tres en la cochera mientras Elisa corría a buscar la bolsa con las pastillas. Al subirse al coche también traía un suéter y un refresco. La escuché murmurar sobre su miedo de quedarse dormida mientras manejaba tan noche. Iniciamos de nuevo el viaje. La atmósfera cambió y empezó a percibirse una ligereza y calma en el ánimo de todas. Disfruté de la plática que dos inocentes niñas pueden tener con una adulta, ya que aún con ingenuidad, su creatividad da paso a una conversación profunda y entretenida. A veces fingía contestarles.

—¿Cómo aprendiste a manejar, ma? —preguntó Dani.

—Tu abuelita fue mi maestra, cariño.

—Yo quiero que me enseñes tú —dijo Nati.

—Tú todavía no puedes conducir porque estás chiquita, ¿verdad, mamá?

—Las dos son muy pequeñas. Cuando crezcan les enseñaré —esbozó una sonrisa mientras las observaba por el retrovisor.

—Yo ya quiero ser grande—exclamó Nati.

Jugaba con un bloque que separó del castillo. Sentí escalofríos.

—¿Cuándo murió la abuela? —interrumpió Dani.

—Eras una bebé y tu hermana todavía no nacía. —Le dio un sorbo a su refresco y continuó—. Por ahí debo tener una foto donde te está cargando. Siéntate bien y ponte de nuevo el cinturón si quieres que te la muestre.

—¿Cuándo crezca voy a olvidar a quienes se van al cielo? —preguntó mientras se lo abrochaba.

—¿Por qué dices eso?

—Mi abuelito jamás habla de mi abuelita.

—Sí es cierto, mami —agregó Nati.

Elisa se mantuvo callada por unos segundos. Sopesó la pregunta cargada de tanta historia.

—Cuando mi mamá todavía vivía, tenía muchos problemas con su abuelo.

Las tres callamos y pusimos más atención que nunca. En serio deseaba conocer esa historia.

—Son cosas que cuando sean más grandes les contaré, ahorita no las entenderían —explicó con voz firme—. Y no, Dani, al crecer no olvidas a tus seres queridos que ya no están. En realidad, con cada día los recuerdas más. Piensas en lo que viviste junto a ellos y en lo que te hubiera gustado que vieran.

—Yo también ya quiero ser grande —sentenció Dani.

Y aún con la luna radiante en el cielo, la conversación logró que el cansancio no hiciera acto de presencia.

Metro tras metro, con la luz de los faros, el camino se iluminaba. En la pequeña carretera de apenas dos carriles, los coches, camiones y motos se dirigían a sus destinos mientras veían cómo los que iban en el sentido contrario enfilaban hacia el suyo. Elisa le daba sorbos a su refresco con frecuencia para evitar el sueño y también procuraba ver por el retrovisor a las niñas como si por acto de magia fueran a desaparecer. A esas horas había muchos camiones en la carretera, lo que hacía más largo el trayecto gracias a su velocidad reducida. Y con poco espacio para rebasar, los conductores tenían que ser todavía más eficientes y cautelosos porque en cualquier momento alguien del carril contrario podría rebasar sin calcular bien el espacio.

Elisa estaba por darle un sorbo a su refresco cuando sonó un claxon. En vez de soltarlo para poner ambas manos en el volante y así evitar al imprudente conductor, prefirió ver por el retrovisor una última vez. Giró brusco con la mano que tenía libre. La luz del coche que estaba a punto de impactarla solo permitió que viera en el reflejo las siluetas blancas de sus pequeñas. Profirió un grito desgarrador antes de que la bolsa de aire se inflara y la golpeara en la cara.

—Natalia Trujillo, tu tiempo en este mundo ha terminado. La vida que tuviste no será juz... —aparté la mirada de mi guion y la posé sobre la pequeña figura en cuclillas. Estiraba sus brazos dentro del coche.

—¿Por qué no puedo? —gritó con lágrimas en sus ojos—. ¡Dani, despierta!

Me agaché para ver como trataba de sacar a su hermana

del vehículo volcado. Varios coches se detuvieron alrededor. Acerqué mi mano a su hombro. Volteó a verme. Percibí el aroma acre del humo y del combustible, lo que me sorprendió porque aún tenía el sombrero puesto. El miedo que sentía Nati destellaba un brillo en sus ojos que me rompió el corazón al verlo ocasionado por mí. Me mareaba la fuerza con la que me veía. No me reconoció de inmediato, porque las primeras palabras que me dirigió fueron gritos de ayuda.

—¡Por favor! Alguien ayúdenos —aullaba mientras buscaba la mirada de algunos de los que se acercaban al vehículo.

Nadie la escuchaba. Nadie la veía.

Se asomó por la ventana del piloto y vio a su mamá haciendo minúsculos movimientos mientras trataba de recuperarse. Nati aprovechaba para decirle que ella estaba bien, pero que Dani no quería despertar. Traté de detenerla antes de que rodeara el coche para llegar a la ventana por donde salió. Sus ojos se abrieron como platos al ver su cuerpo en la misma posición que la de su hermana con el cinturón puesto. Dio unos pasos hacia atrás sin quitar la mirada del coche. Vi cómo su respiración se agitaba y sin resistirse cerró con mucha fuerza los ojos.

—Nati, por favor, ven conmigo —sujeté su mano y la alejé unos cuantos pasos más—. Todo está bien.

—¡Mamá! ¡Mamá! ¡Mamá! —gritó sin poder controlar las lágrimas.

La abracé como tanto quise hacerlo en las últimas semanas. Permití que sus emociones fluyeran porque creía que solo así yo aprendería un poco de las mías. La punzada en mi grieta se agudizó. La ambulancia no tardó en llegar junto a su ensordecedora sirena. Y ese ruido fue el que despertó el dolor que parecía haber disminuido en Nati desde que la rodeé con mis brazos. Mis palabras de consuelo se perdieron en el caos de sus gritos y en los murmullos de la gente. No sabía qué hacer.

—¡Natalia! Escúchame, por favor.

Me miró asustada.

—¿Me morí? —me preguntó con lágrimas secas en sus cachetes y la respiración entrecortada.

—Sí, Nati.

—¿Cómo sabes mi nombre?

—Soy la Parca, mi tarea es guiarte al más allá —pensé en lo poco que la conocía y corregí—, para llevarte al cielo. Y aunque en estas semanas no me has visto, todo este tiempo te he acompañado.

—Pero... no quiero morir. Quiero a mi mamá. —Las lágrimas brotaron de nuevo.

—Ya no es posible, cariño. —Traté de usar las mismas palabras que Elisa—. Pero no tienes por qué llorar, esto es algo normal. Todos los humanos pasan por esto. Algún día le pasará a tu mamá y volverás a verla.

—¿Mi mami también va a morir?

Me reprendí mi mala elección de palabras.

—No hoy. Pero en algún punto las vidas terminan.

—No me importa. Quiero hablar con mi mamá —me gritó enojada—. ¡Quiero a mi mamá!

La abracé otra vez. Quería darle el consuelo que funcionó al principio, pero solo recibí quejidos y empujones. Se separó de mí y corrió de vuelta al coche para buscar a su mamá que inconsciente ingresaba a la ambulancia en una camilla. Dani estaba mejor de lo que esperaba, aun así, lloraba mientras un paramédico le tomaba la presión. Nati sintió la desesperación e impotencia de no ser vista ni escuchada. Le hacía señas a Elisa y a su hermana, pero ninguna era correspondida. Todavía no entendía lo que significaba estar muerta. O tal vez le costaba creer que lo estaba.

Intenté no perderla de vista, pero algo me distrajo. Tenía toda mi atención puesta en mi designada, que me olvidé por completo del conductor que provocó el accidente y, por primera vez en dos siglos, vi otro sombrero, otro traje y corbata. Otra Parca. Y esta vez no era mi mentor.

Capítulo 8

Me quedé quieta al verla acercarse al otro vehículo. Las puertas también estaban rodeadas de personas, aun cuando el cuerpo del conductor yacía en una camilla con una sábana blanca encima. Vi al designado, unos pasos alejado del coche, impávido ante la certeza de su muerte. También me fue fácil distinguir la culpa en su mirada. No reaccionó, no gritó, ni se inquietó. No se quitaba el anillo en su mano izquierda, pero sí lo giraba con insistencia. La otra Parca se paró a un lado suyo. No le dirigió más que la mirada y al hacer contacto visual se cimbró entre los dos un mutuo entendimiento de cuál era el siguiente paso. Segundos después, con fría sincronía, volvieron los ojos al par de ambulancias.

Me sorprendió la seriedad que irradiaba mi compañera. Yo no podía evitar sentirme entre aguas tumultuosas. Trataba de navegar a través de mis emociones, pero ella emanaba una postura de conocimiento profundo, quién sabe de cuántos años arraigado. Me pregunté si estaba satisfecha con ser guía por la eternidad. Si ya había encontrado su propósito en el universo.

Miré a Nati que con insistencia buscaba una pizca de atención por parte de su madre. Decidí aplazar unos minutos mi tarea con la esperanza de encontrarla más calmada. Caminé en dirección a mi compañera y por fin advirtió mi presencia. Sentí el peso de su figura sobre mí y, gracias a ello, comprendí la reacción de los humanos al verme. Su designado también me miró. Al entender la razón de la presencia de dos Parcas, se lanzó de rodillas al suelo y lloró de manera incontrolable. Las lágrimas sobresalían y sus manos cubrían por completo su rostro. Lo escuché dirigirme la palabra.

—Los maté, ¿verdad? —me preguntó con un tono de arrepentimiento—. ¿Estás aquí por ellos?

No sabía si tenía prohibido hablar con otros designados. Volteé a ver a mi compañera y como si me hubiera leído la mente, negó con la cabeza.

—Solo murió una de ellas. Las otras dos sobre… sobrevivieron. —Traté de sonar lo más neutral posible, pero el sentimiento de pérdida me quebró la voz.

—Perdóname, por favor —imploró. Sujetó con fuerza mis pies—. No soy un asesino.

—Aquí no estamos para juzgarte, Mauricio. —Con eso descubrí la voz firme y pausada de la otra Parca.

No leyó ningún guion y tampoco articuló más palabras. Ese mutismo penetró la mente de Mauricio que, en un intento de controlar su llanto, se levantó con lentitud. No necesitaba que nadie lo juzgara. Él lo hacía con sus propias dudas. Se autoimpuso un castigo emocional que comparé con mi reacción a la muerte de Lalo. Pensé en el silencio y cuánto nos lastima, puesto que nos da más tiempo de reflexionar sobre nuestros errores. Nos satura con miles de alternativas en donde hicimos lo correcto. El silencio nos obliga a desear dar un paso atrás para no experimentar nunca una consecuencia. Te hace analizar lo distinto que hubieras actuado y en lo fácil que sería cambiar tu historia. Sí, soy la muerte, pero eso no me convierte en asesina. Al menos eso me gustaría pensar.

Cuando estuve a punto de tranquilizar a Mauricio, mi compañera me detuvo.

—No hay nada que puedas decirle a un alma rota. Tienes que dejar que sane sola.

—¿Y hay tiempo suficiente para eso antes de que cruce el umbral? —le pregunté.

—Nunca hay tiempo suficiente para sanar.

Mauricio siguió la dirección de los paramédicos que cargaban su cuerpo, y volvimos a verlo quebrado cuando en la camilla paralela, una silueta más pequeña estaba cubierta por otra sábana blanca. No podía dejar de ver su sufrimiento y culpa agraviándose con cada minuto, necesitaba saber en qué momento mi compañera lo guiaría al más allá. Al reflexionar en lo cruel de ese acto, recordé que también había abandonado a Nati.

—¿Alguna vez se vuelve más sencillo este trabajo? —le pregunté antes de irme.

—Si te soy franca, no se me hace ni fácil ni difícil. Cada transición, cada alma que guiamos a los árboles, sí, traerán su propia carga de dolor y pérdida —contestó viéndome con serenidad—, pero nuestra labor no se trata de otorgar comodidad o alivio. Es mejor luchar contra cualquier instinto que complique cumplir con nuestra responsabilidad.

—¿Acaso los humanos no merecen liberarse de esa carga que nosotras tanto evitamos? —Señalé a Mauricio que todavía se rompía en llanto junto a las camillas—. Hay formas de reducir su sufrimiento durante esa transición. Esa es nuestra responsabilidad por cumplir… ¿no?

—Míralos. Un trayecto corto es más fácil que uno pacífico. Sufren menos tiempo.

La decepción se impregnó como un mal olor en mis huesos. Esperaba encontrar en sus respuestas una fuente de inspiración, pero al igual que con mi mentor, solo hallé un enfoque desprovisto de pasión y sensibilidad. Me dolió ver que cada nombre lo percibe como algo fácil de tachar para ir sin pensar con el siguiente objetivo. Me dolió recordar que mucho tiempo así lo hice yo. Empecé a dar pasos en dirección a Nati, pero antes tuve la urgencia de dejar algo en claro.

—Nosotras por añadidura recibimos la calma que tanto carecen los humanos. Es injusto acapararla con tal de hacer más sencilla nuestra labor. Un camino más tortuoso vale la pena si eso significa perder la serenidad que nos sobra por el bien de alguien más.

Procedí a alejarme, aunque sí logré escuchar sus últimas palabras.

—Pero no te olvides de ti. Que esa grieta no dejará de crecer.

No respondí.

La seguridad que había afianzado se desmoronó con esa amenaza final. En ningún momento le mostré mi grieta, así que me asustó que supiera un detalle tan personal. Traté de frenar mis pensamientos, pero aun así me quebré por dentro, por lo que al llegar con Nati me pregunté quién debía ayudar a quién.

Ya había dejado de correr, también de pedir auxilio. Estaba sentada con la cabeza entre las rodillas. Imagino que procesaba las emociones de los últimos minutos. Me senté a su lado, suspiré y con las sirenas de fondo empecé a contarle sobre mi labor. Hasta el día de hoy no sé si entendió por qué murió, pero al menos me tranquiliza que fue capaz de comprender que la muerte existe y la tenía en frente. Con la voz más amistosa que pude hacer, le conté de las veces que reí junto a ella y Dani mientras construían el castillo, de las noches en las que Elisa y yo las veíamos descansar, así como la atmósfera tan apacible que se posaba en la habitación cuando las tres platicaban durante la cena.

Nati en ningún momento se movió. Al escucharla sollozar me di cuenta de que no servía hablarle. Abrazarla tampoco. La desesperación me envolvió. Pensé en las palabras de mi compañera. Sería más rápido y fácil rendirme, agarrarla de la mano y llevarla al umbral y así acortar su sufrimiento. Volteé a mi alrededor. Busqué el árbol más cercano y tomé una decisión. Me levanté y, al mismo tiempo, las ambulancias partieron junto con Elisa que yacía inconsciente, el cuerpo cubierto y sin vida de Nati y la mente perdida de Dani. Y el sonido del motor alejándose fue el que reavivó el alma de Nati, que ágil corrió a mitad de la carretera y miró las luces titilantes de la segunda ambulancia que partía detrás de la otra. Los demás subieron de nuevo a sus coches y siguieron su camino. No pasó mucho tiempo para que las luces de los faroles fueran las únicas habitantes en ese tramo de concreto.

—¿Va a regresar por mí? —me preguntó mientras sujetaba mi mano—. Mi mamá despertará y vendrá por mí junto con Dani, ¿verdad?

—Así es, Nati. —Empecé a improvisar y aproveché la poca confianza que me tenía—. Ahorita te dejó aquí porque tu abuelita me mandó a recogerte. ¿Te acuerdas de ella?

—Mamá dijo que me mostraría fotos.

—Cierto, no la llegaste a conocer. Pero está entusiasmada por verte. ¿Me acompañas a donde está ella?

—No —respondió sin vacilar—. Mi mamá va a estar buscándome aquí y si me voy no me va a encontrar.

—Tu mami ya habló con tu abuelita y le pidió que te cuidara hasta que ella regrese.

Las punzadas en mi grieta dolían más con cada mentira que salía de mi boca, pero Nati estaba calmándose y eso es lo único que necesitaba. Resistí el dolor en mi costilla y apreté con fuerza su mano.

—¿Ves ese árbol? —Señalé hacia el bosque que rodeaba la carretera con la intención de que ella fuera la que escogiera el lugar de su partida.

—¿Cuál de todos?

—El más bonito.

—Vale, sí. Ya lo vi.

—Acompáñame.

En cuanto llegamos al pino que ella escogió, vimos el portal abrirse y nos iluminó con su refulgente luz.

—Tu abuelita está del otro lado, ahí te recogerá tu mamá.

La niña, con su característica impulsividad, soltó mi mano y corrió al árbol.

—¡No, Nati! —solté un grito angustiado.

Sin darme tiempo a preguntarle si quería dejarle algún mensaje a su familia, la vi desaparecer en el portal. Me desmoroné. Llevé mi mano a mi costado para intentar disminuir el dolor que atribuí a la pérdida de Nati. Arrodillada frente al árbol, se reproducía en mi cabeza una y otra vez el salto final que dio la pequeña de siete años al más allá. Veía sus manos sucias por la tierra, las agujetas de sus tenis desabrochadas, su trenza con la liga floja y las lágrimas secas en su cara.

Esa fue la primera vez que lloré. Apreté los puños y maldije a mis superiores. Las imágenes en mi cabeza se transformaron en las memorias que más atesoré cuando Nati vivía. El castillo, los bloques, la tele, la cena, el diario, el abuelo. Todas recorrían cada centímetro de mi mente a una velocidad exorbitante.

—Me sentía parte de esa familia —murmuré.

Rápido las imágenes volvieron a cambiar. La puerta del coche, el asiento, el cinturón, las luces, el choque, el estruendo, la oscuridad, los gritos, el claxon. Los lamentos de Nati, sus lágrimas en busca de ayuda. Yo con una mentira tras otra. Dando mi mayor esfuerzo por hacer algo bien y percatándome de que había fallado una vez más. Me sentía como el castillo después del accidente: destruida y con mis emociones esparcidas por todos lados.

Cerré los ojos y me permití ahogarme en ese mar de pensamientos.

Caminé por tres días hasta la casa de Elisa. Después de varias semanas de estar con esa familia, la soledad me sabía amarga. Recorrí cada habitación y observé hasta el más minúsculo detalle de un hogar puesto en pausa. Revisaba seguido mi libreta en la espera de un nuevo nombre. Ninguno aparecía, así que cada segundo se me hacía eterno al desear que Elisa y Dani regresaran pronto. Sin importar en qué parte de la casa estuviera, el golpeteo de las manecillas del reloj taladraban mis oídos. Me pregunté si Elisa había sobrevivido, y si no, ¿su Parca asignada la llevaría al más allá con amabilidad? ¿Se reencontraría con Nati? ¿Con su mamá? Pero de inmediato me reprendía por pensar así. Elisa tenía que regresar para cuidar de Dani. Además, era lunes, así que también le tocaba escribir en su diario, así como marcarle a su papá. Otra vez veía un remolino de pensamientos dispuesto a dejar todavía más vulnerable a mi ya nublada mente.

Fue el miércoles que un coche se estacionó fuera de casa. Corrí a la puerta, la atravesé y gracias a las luces automáticas en la entrada vislumbré las dos siluetas que tanto ansiaba ver. La más pequeña caminaba lento por el adoquín agarrada de su abuelo, mientras la grande, con un collarín, avanzaba recargada en el hombro de su tía. Entraron a su hogar y Elisa se perdió en un mar de lágrimas. Reconocí en sus ojos hinchados que tampoco pudo evitar llorar de tan solo pensar que, una vez dentro, la casa se sentiría deshabitada. Y así fue. Porque cien personas pueden estar en una habitación, pero un espacio vacío con facilidad ocupa todo un lugar.

Elisa volteó los portarretratos en un intento de ocultar la verdad que no estaba dispuesta a aceptar. Mientras cenaban en silencio, el papá intentó decirle algo a su hija tras hacer contacto visual, pero el terror lo dominó y bajó de inmediato la mirada. Dani preguntó si podía irse a descansar y su madre la acompañó a la cama. Me quedé unos momentos sentada en la mesa y vi a la tía sostener la mano de su hermano. No pude adivinar las emociones del abuelo de las niñas. Con la cabeza escondida entre sus brazos murmuró algo que ni acercándome entendí.

Cuando Elisa regresó a la cocina vio a su papá junto al fregadero. Ambos callaron. Él soltó el plato que enjabonaba. Dejaron que el silencio se llenara de reproches, quejas, resentimientos y disculpas.

—Hoy quédense aquí, por favor —Elisa abrió la conversación.

—No queremos molestar —contestó su tía.

—Es mejor así. Ustedes duermen en mi cuarto para aprovechar que tiene un sofá cama. Yo me quedo con Dani.

—Gracias, hija.

Más noche les llevó un vaso de agua. Los dejó en el buró y con recelo observó el cajón donde reposaba su diario. Reprimió un par de lágrimas, el resto no pudo evitar que salieran. Su papá dio un paso adelante con la intención de abrazarla, pero ella ya se había dado la vuelta en dirección al cuarto de las niñas.

Recostada en la cama de Nati pasó la segunda peor noche de su vida, acostada en esas sábanas con olor a pérdida y rodeada de muñecas que intentaban quitarle esa sensación de soledad.

—Perdóname, mi amor —murmuró varias veces con los ojos húmedos—. Te maté y me quema. Me duele sentirte tan lejos. Merezco arder en el infierno.

—No, Elisa —susurré desde el marco de la puerta sin que nadie me escuchara—. No mereces estar ahí porque Nati está esperándote en otro lado.

Cerré los ojos y la habitación, el silencio y las emociones desaparecieron.

El lunes llegó de nuevo y seguía sin aparecer un nombre debajo del de Nati, así que disfruté de la compañía de Elisa y Dani. Ambas regresaron a sus actividades normales, así que el silencio entre ellas desapareció junto con la atmósfera lúgubre. Hablaban de todo lo que les permitía ignorar lo ocurrido. Fui consciente de lo mucho que extrañaba sus risas, sus quejas y, en general, sus voces. Lo tengo presente; al reír, sentían una culpa que las empujaba al silencio en un instante. Deseaba quitarme el sombrero y unirme a la plática, pero reconocía que aun si fuera bien recibida, solo podría hablar de lo que tanto trataban de evitar.

Antes de terminar la cena el teléfono sonó y Elisa contestó a la voz de su papá. Volteó a ver a Dani y fue a su habitación para hablar sin que la escuchara. Cerró la puerta.

—Te pedí tiempo —dijo con tono frío.

—Lo sé, hija. Es que no estoy bien.

—¿Necesitas medicina? —preocupada buscó las llaves del coche en su buró.

—No es eso. Es que... yo sé que me responsabilizas y te entiendo porque también me echo la culpa —contestó entre lágrimas.

—No ahora, papá. Te lo ruego. Solo… necesito tiempo.

—Todos los días se proyecta esa llamada en mi cabeza y me duele saber que no puedo detenerla. Y sé que no quieres hablar de eso, pero no dejo de llorar pensando en lo mucho que necesito el consuelo de tu mamá y… —hizo una pausa—… y tu voz me recuerda a la de ella.

—No te culpo, papá. Es solo que…

—No, hija. Tal vez no me culpas, pero los dos sabemos que me resientes.

—Es que tampoco dejo de pensar en esa llamada —su llanto era inconsolable.

Por debajo de la puerta, Elisa vio una sombra proyectada.

—No puedo creer que me pregunté quién de las dos era —murmuró con la voz entrecortada.

—¿Cómo?

—Sabes, papá. Ya te dije, entiendo tu aflicción y créeme que aprecio tus palabras. Solo que ahora estoy en una lucha con mi propio dolor y con la ira que siento por haber contestado tu llamada. Me odio y, aunque no lo quiera, también un poco a ti. Yo sé que no es justo, pero lo que necesito por parte tuya no son disculpas, sino espacio y tiempo.

—¿Vendrán este viernes?

—No estamos listas para ir de nuevo por esa carretera.

—Abraza mucho a Dani por mí.

—La acompañaré a que termine su cena. ¿Hablamos luego?

—Me encantará —contestó con pena —. Gracias, hija.

—Descansa, papá.

Y colgó.

Elisa abrió la puerta y encontró a Dani sentada en el suelo. Regresaron para cenar y al terminar ese día, antes de dormir, retomó la escritura de su diario con su hija, que descansaba junto a ella. El lunes anterior no había podido escribir por estar en el hospital, pero esa noche la luz del buró parecía incendiar la habitación. La pluma no descansó al escribir sobre la semana antes del accidente. El martes un proveedor se retrasó en su oficina, recordó que el miércoles por la noche ayudó a las niñas en la construcción del castillo, el jueves salieron tarde porque Nati tiró su vaso de jugo sobre su uniforme y tuvo que cambiarse. En vez de dar la vuelta a la página para comenzar con la narración del viernes, se detuvo a contemplar en la que escribía.

Había visto a tantos humanos registrar sus días para recordar pese a la transformación de sus mentes y cuerpos. Y ahí mismo, la vi saltarse la página del viernes para seguir su relato el día que despertó en el hospital. Ambas sabíamos que era inútil ya que lo que más tratamos de borrar, se aloja de manera involuntaria en los primeros pensamientos de cada día, tarde y noche. Las memorias se burlan de nuestra incapacidad para olvidar y nos recuerdan lo mucho que disfrutábamos querer.

—La extraño —murmuró mientras guardaba el diario en su buró.

—Yo también, ma.

Elisa dio un respingo porque no esperaba que su hija la escuchara. Fue en ese momento en el que me sentí una intrusa arrebatándoles su primera oportunidad de compartir el duelo. Así que me salí de la habitación. Mientras platicaban, me fui a sentar a la cama de Nati y observé que su hermana había reconstruido, con las pocas piezas que sobraron, un castillo parecido al que hicieron en conjunto. Me quité el sombrero y agarré una de las que estaba en lo más alto de la torre principal. Quería llevarme un pedacito de este lugar.

—Quiero dejarlo con ella, mamá —dijo Dani después de colocar el castillo en la mesa del comedor.

—¿Cómo?

—Sí, quiero llevárselo a Nati para que no se aburra.

—¿Al lugar del accidente? —volvió a contestar con una pregunta.

—Por fa. Solo por eso lo reconstruí.

Hasta esa noche, Elisa se había sentido encerrada en una prisión, por eso el dolor que profería su mirada al pensar en su inminente regreso al lugar del accidente, era todavía más visible.

Mientras desayunaban, Elisa buscaba en los artículos, noticias y reportajes, el lugar exacto del accidente. Leía solo las primeras oraciones de cada página a la que ingresaba para no tener que leer el resto de los textos amarillistas. Se vio conmovida por el alcance que tuvo su pérdida, pero reprimió las lágrimas para evitar contagiárselas a su hija.

Todas sentimos un *déjà vu* al ver el castillo descansar sobre el asiento trasero del coche. Nos subimos y dejamos que la inercia del vehículo nos llevara hasta la carretera. Mis nervios crecían con cada kilómetro recorrido. Me distraje con los edificios, después los pastizales y las montañas que rodeaban nuestro camino en la carretera que conecta ambas ciudades, pero unos minutos antes de llegar al punto exacto me encontré más temerosa que nunca.

—Me quiero bajar —grité dirigiéndome a Elisa, pero nadie me escuchó—. Tengo miedo de verlas otra vez ahí. Recuerdo la mirada perdida de Dani y tu cuerpo inconsciente. No estoy lista para esto. ¿Cómo diablos puedes estarlo tú?

Apreté los puños para evitar quitarme el sombrero y seguir gritándole a Elisa que detuviera el coche. Me sentía terrible. No dejaba de pensar en el accidente, en las luces blancas, en el impacto, en el sonido del metal rasgándose.

Cerré los ojos.

—¿Ya viste, Dani? —preguntó Elisa para despertarla.

Disminuyó la velocidad y apagó el motor. La pequeña se quitó el cinturón e hizo el recorrido hasta la otra ventana para ver a través del cristal. También abrí los ojos para ser partícipe de ese momento y vi cómo en la tierra estaban regadas cientos de flores que rodeaban una cruz enterrada. Las tres nos bajamos y notamos que también estaban un montón de cartas dirigidas a Nati.

—No puedo creer que sí están aquí.

—¿Ya sabías de esto? —reprochó Elisa.

—Una amiga me mostró fotos —contestó mientras se dirigía al coche—. Y también quería dejarle algo a Nati.

—Espérame. Te ayudo. —Se apresuró a auxiliar a su hija que trataba de cargar sola con el castillo.

Lo colocaron encima de algunas flores. A la vista de aquellos que cruzaran esa carretera. Varios sabrían de lo sucedido, otros se preguntarían la razón de un castillo morado que descansa junto a una cruz de madera.

Otra vez me alejé para darles privacidad. Desde el otro lado las vi llorar, platicar y reír. Fue hasta que las observé quedarse en silencio que volví a acercarme. Ambas leían las cartas que los desconocidos dejaron en memoria de su querida Nati. Y fue ahí donde Dani sacó de la bolsa de su pantalón la única pieza que logró recoger el día del accidente. La colocó en el mismo lugar donde esa última noche había quitado la que guardaba en mi bolsillo. La culpa me embargó por hacerla abandonar ese recuerdo que, aun con el miedo y dolor que invadía su pequeño cuerpo, se atrevió a guardar.

—¿Podemos ir a ver al abuelo?

Elisa, que llevaba con la mano en el pecho desde que dejaron el castillo en el suelo, entendió que su dolor no había disminuido, pero sí se aligeró después de compartirlo.

—Sí, vamos a ver cómo está. ¿Quieres que compremos botana? Nos queda de paso.

—¡Sí! —exclamó Dani, alargando la í.

Subieron al coche y escuché el motor alejándose. Era también momento de recordar mi papel como Parca. Recorrí el pequeño perímetro en el que estuve el viernes pasado y, a modo de despedida, me acerqué al castillo morado. Me quité el sombrero y dejé la pieza que había tomado.

Me senté entre la tierra y las flores. Me pregunté por qué una niña tan pequeña e inocente como Nati tenía que morir. Con los remanentes de una tristeza fermentada, esperé con paciencia el siguiente nombre. Pasaron muchos coches, pero me dio igual no traer mi sombrero puesto, nadie alcanzaría a ver mi rostro.

Capítulo 9

Ningún nombre apareció en mi libreta. Habían pasado semanas. No me gustaba la idea de que la espera entre designados fuera tan amplia porque en esos días, mientras recorría la ciudad donde vivía Nati, no dejaba de pensar en ella, y lo que más necesitaba era una labor que me distrajera. Por eso, entre más tiempo divagaba por esas calles, veía con mayor ahínco las cosas que solía ignorar por estar tan enfocada en seguir a mi designado. Caminaba por la ciudad con la sensación de que el mundo era una herida abierta. Dolía con cada paso. En los muros cubiertos de símbolos de protesta, en algunos callejones que olían a orina, a podredumbre, a abandono. Vi la tristeza, que no proviene de una muerte reciente en los rostros de aquellos que con pasos apurados aplastan envoltorios de comida esparcidos por el concreto sucio. Yo no tengo un propósito más que el de llevar a las almas a su destino final. En muchos humanos veo algo parecido. En vez de disfrutar la única vida que tienen, actúan como si tuvieran que sobrevivirla.

Y no hay diferencia entre aquel hombre olvidado y acurrucado en el duro cemento y los que pasan a su lado esparciendo más miradas de juicio que de compasión. Otros prefieren ignorar con un gesto de incomodidad que no surge por el dolor ajeno, sino por lo desagradable que les parece confrontarlo.

Incluso cuando un hombre empujó sin cuidado el pequeño frasco que guardaba un par de monedas, nadie se detuvo a ayudar cuando el vagabundo despertó de su sueño y se apresuró a recogerlas. Como si no existiera. Como si fuera parte del mobiliario roto de la ciudad. Pero todos carecen de felicidad, no importa si van con la frente en alto.

Yo seguía caminando. Invisible, pero no ciega, se agudizaban los tonos grises con los que empecé a ver el mundo. Escuchaba el caos en los gritos, bocinas, sirenas y una cacofonía interminable. Caminar entre los humanos era como el lamento de un bebé que no sabe expresar lo que provoca su llanto. Me abrumaba la agresividad latente en cada esquina, en los cruces de miradas y en las interacciones hostiles. Solo podía pensar en la cantidad de adultos que perecen en vida. Que pierden su propósito.

Por un segundo agradecí que Nati y mis siguientes designados no tuvieran que experimentar las preocupaciones de una larga existencia, pero de inmediato reflexioné sobre la injusticia de quien tomó la decisión de que así fuera. Jamás seré humana. Nunca lograré pensar como ellos. Aun así, teníamos en común la incógnita que implica morir. ¿Los jóvenes la tienen más fácil al fallecer con la incertidumbre de una vida llena de anhelos? ¿O los ancianos al cargar con el dolor de una existencia atiborrada de oportunidades perdidas?

Levanté mi camisa y observé aquella grieta que me recordaba lo repetitivas que son las emociones humanas. Una constante advertencia de las preocupaciones que llevan, una y otra vez, a las mismas conclusiones. Y así aterricé en más dudas sobre mi decisión de guiar a las almas con compasión y empatía. La muerte no discrimina. Se lleva a quienes cargan con privilegio y a los que no. A los que han hecho el mal tanto como los que obran con altruismo. Las Parcas guían sin fijarse en género, edad, orientación o color de piel. Nosotras no discriminamos, pero la vida sí. ¿De qué sirve la compasión en el más allá cuando los humanos, en su paso por la tierra, han conocido tan poca?

Perdí la esperanza. Me sentía como un engranaje que gira sin parar en una máquina inmensa y despiadada. No importa si trato de cambiar su curso, la fuerza de su mecanismo me lleva con ella. En el instante en que me hice consciente de que no quería recibir un nuevo nombre fue que observé la tinta emerger en la hoja de mi libreta. Tal vez ayudaría a darle la vuelta a la página al cariño que desarrollé por Nati, pero me asustaba más enfrentarme a la implacable muerte temprana.

Mi grieta me dolía entre más nostalgia sentía. Y estaba segura de que, con el tiempo, habría más herida que cuerpo.

La tinta se secó y pude leer mi siguiente tarea.

Tomás Lara. Dieciséis años.

Capítulo 10

Ya había recogido a Tomás. A otro. Tenía más de ochenta años. Ciego por la diabetes, pero con un ánimo envidiable. Su familia lo visitaba en el asilo todos los fines de semana para platicar con él, ponerle música en su vieja radio y bailar al compás de la melodía en brazos de su hija. Al final del día terminaba con una sonrisa que se desvanecía con el paso del tiempo hasta que llegaba de nuevo el sábado. En las madrugadas se despertaba para buscar la pequeña caja de madera que escondía bajo el colchón. La ceguera le quitó el placer de jugar dominó, pero no se atrevió a abandonar ese tesoro. Nunca abría la caja. Solía recorrer con las yemas de sus dedos cada centímetro de ella. No comprendía por qué esa acción le provocaba una sonrisa.

El día que murió fue cuando por primera vez sacó las veintiocho fichas del juego. Una por una las apiló con delicadeza. En cuanto una se caía, con paciencia, la volvía a colocar. Una enfermera escuchó el ruido y fue a ver lo que sucedía. Tomás aprovechó y le pidió que escribiera una nota para sus familiares. Mientras ponía ficha tras ficha hasta que no encontró ninguna más dentro de la caja. Le pidió el escrito a la enfermera y lo escondió en el espacio donde solían descansar las fichas. "Me gusta mucho soñar por las noches porque así los puedo volver a ver y hacer las cosas que tanto amé". Con la misma paciencia, metió una tras otra hasta que pudo cerrar de nuevo la caja. Se volvió a acostar con esa característica sonrisa y minutos después me saludó. Algunos mortales son mejores que nosotras para predecir el día exacto de su partida. Tienen cierta sensibilidad.

Me acordé de él en cuanto entré a la habitación de un Tomás mucho más joven. Estaba dormido cubierto de pies a cabeza por la sábana que se movía con sutileza gracias al viento que entraba por la ventana. La luz de la luna iluminaba la silueta del chico de dieciséis años. También la lámpara en su buró que titilaba como si la bombilla estuviera cansada y solo quisiera apagarse. Esperé un par de horas sentada en un sillón de cuero craquelado por el tiempo. El amanecer iluminó las cuatro paredes. Siguió la espera cuando arribó el atardecer. Tomás no despertaba.

Perdí su alma por creer que todavía estaba debajo de la sábana.

Me quité el sombrero y sopesé la agotadora tarea de ir a buscarla y dejé al descubierto el cuerpo inerte de Tomás. El olor me hizo dar unos pasos atrás, pero aun así alcancé a ver la mancha de saliva seca a la altura de su boca. La grieta en mi costado me punzó. Mi cabeza daba vueltas y me obligó a sentarme de nuevo. No quise imaginar lo sucedido, pero la experiencia de este trabajo me hizo pensar lo peor. Me levanté para buscar una explicación que me acercara a la ubicación de Tomás. Dejé mi sombrero en el sillón y moví almohadas, levanté el colchón, revisé los cajones del buró y lo único que encontré fueron los restos de una vida truncada: libros llenos de polvo, envolturas de comida, vasos sucios y ropa regada por el suelo. Entré al baño para buscar lo que temía encontrar.

Las cajas vacías de medicamento no fueron lo primero en que me fijé, sino en el alma de Tomás que estaba sentada en la esquina de la regadera. Ambos nos sorprendimos, pero jamás rompimos el contacto visual. Su mirada era dura, inundada de una ira contenida que me provocó escalofríos.

—¿Ahora sí? —preguntó.

—¿A qué te refieres?

—Olvídalo. Haz lo que tengas que hacer y acabemos con esto. Nada más no quiero lecciones o discursos motivadores.

—En lo absoluto. Las Parcas no estamos aquí para juzgar a nadie, mucho menos traemos la intención de dar lecciones. Mi única labor es guiarte al más allá. —Hice una pausa. Por primera vez desvió la mirada—. Sé que es probable que la hayas pasado mal, pero ahora estoy contigo. Quiero ayudarte a encontrar paz en tu camino.

—¡¿Paz?! —gritó con rabia mientras se levantaba—. ¿De qué pinche paz me hablas? Toda la puta vida he estado rodeado de pesadillas y creí que muerto se irían a la chingada. Ahora me doy cuenta de que toda esa mierda que viví sigue atormentándome —continuó mientras señalaba su sien—. No sabes ni madres.

—Tu dolor es real y no pretendo minimizarlo. Lo que busco es quitarte ese peso con el que cargas. Solo quiero ayudarte.

El silencio que siguió a mis palabras se convirtió en lágrimas que todavía contenían ira y frustración. Cada sílaba que soltaba se sentía como un golpe.

—Tantas veces te pedí ayuda y me dejaste solo.

—¿A mí? No entiendo.

—Me diste la espalda. Te vi y me ignoraste. Esa pinche noche en la que mi papá casi mata a mi mamá a golpes te rogué para que me llevaras y te valió madres. Estabas aquí sentada a un lado mío mientras buscaba la forma de apagar toda esa mierda que presionaba mi pecho y cabeza. Quería desmayarme, morirme o lo que fuera. Solo apartaste la mirada.

—Yo no…

—O cuando los cabrones de mi salón me gritaban maricón y me bajaban los pantalones mientras me grababan y amenazaban con subirlo. —Me interrumpió sin darme oportunidad de explicarle que no había sido yo—. Entre lágrimas y con la garganta desgarrada les pedí a mis papás que me cambiaran de escuela.

Seguía sin entender si la figura que Tomás había visto era parte de su imaginación o alguna otra Parca que por coincidencia estaba cerca de él.

—Te busqué una tercera vez. Recuerdo la ropa que traía, tengo tatuadas en mi memoria las interminables líneas amarillas. Los ojos me ardían de fijar la vista en esas luces que se acercaban rápido hacia mí. Ahí no necesitaba tu ayuda, solo tenía que estar quieto. Y te volví a ver dentro del coche que logró frenar y desviarse. Todo parecía querer estar lejos de mí. Durante meses, mi cabeza me convenció de que ese conductor, al pasar a un lado mío, también se reía junto con las cientos de personas que alcanzaron a ver el video antes de ser borrado.

—Ya estoy aquí.

—¿Y eso de qué chingados me sirve ahora si el infierno sigue en mi cabeza? —dijo por primera vez con un tono piadoso—. Tres veces te busqué porque quería olvidar todo. Otras dos fui yo el cobarde al pensar en lo triste que se pondría mamá.

Esa última palabra lo quebró. Más lágrimas cayeron como si las hubiera guardado por años. Estaba rendido en el suelo.

—Soy un imbécil. La haré llorar y culparse. ¿Por qué diablos lo hice? No quiero estar aquí. Ayúdame, por favor.

—No se puede arreglar lo que está roto, ni en la vida ni en la muerte, pero no tienes que cargar con esa soledad y culpa por tu cuenta —dije mientras le ofrecía un abrazo de consuelo que rechazó.

—¿Se supone que si te sigo todo se arreglará por arte de magia?

—No sé lo que te espera en el más allá, pero estoy segura de que es algo mejor —contesté y le extendí mi mano—. No te dejaré solo.

—Sigues sin ayudarme, pero está bien. Vamos.

Se levantó. Evitó mi mano. Sentí un ligero y efímero alivio por haber logrado abrir una pequeña grieta en su muro de dolor. Con eso en mente, aterrizaron dos recuerdos: las cartas en la tierra seca donde se accidentó Nati y la nota del Tomás de ochenta años en la caja de dominó. Tantas palabras con un significado para quien lo escribe y otro muy distinto para quien lo lee. En ambos casos no sabían si llegaría a su destinatario, pero tenía el propósito de aliviar el corazón compungido de aquel que lo escribía. Al aprovechar mi última oportunidad para ayudar a Tomás, encontré el método que por tanto tiempo busqué. Práctico, privado y que sirviera con todos.

—¿Te gustaría dejarle algo por escrito a tu mamá? —le pregunté mientras arrancaba una hoja de mi libreta—. O a quien tú prefieras.

—¿En serio?

—No es lo convencional, pero sí. —Noté el cambio en su mirada—. No hay prisa, así que tómate el tiempo que necesites.

Sentado en el escritorio, parecía perdido en sus pensamientos. Miraba la pluma con recelo y la posaba sobre el papel sin decidirse por cómo empezar la carta. Giró la silla para ver la computadora cerrada en su buró y después volteó hacia la puerta que seguía con el seguro puesto. Terminó de vuelta a la hoja en blanco. Me pregunté por qué nadie había llegado y de inmediato lo escuché soltar la pluma después de ver con temor la cama con su cuerpo en ella.

—No sé si puedo.

—Está bien —le respondí—. No tienes que hacerlo solo. Estoy aquí contigo.

—Ese es el problema. No estoy cómodo contigo aquí.

—Entiendo.

Atravesé la puerta para esperar a que Tomás terminara su carta.

—Lamento si te grité.

Volteé a verlo incrédula. Estábamos frente al portal. Tenía en mi mano la hoja doblada a la mitad.

—No es nada, comprendo.

—Gracias por esto —señaló la carta—. Me apena decir que algunas de estas palabras ya las había escrito en cartas pasadas, pero hasta en mis despedidas me doy cuenta de lo mucho que he crecido.

—En esta ocasión, ¿por qué no dejaste una?

Su mirada se tornó incómoda. Su cuerpo se tensó.

—No tienes que contestar si no quie…

—Me daba miedo que se burlaran. —Interrumpió e ignoró mi insensibilidad—. O que la compartieran con gente que no merece leerme. Pero es lo mínimo que le debo a mamá. Espero entienda.

—No te preocupes por eso. Ojalá encuentres tregua contigo mismo. Eso es lo que tú mereces.

—¿Te puedo dar un abrazo?

Me sentí extraña con ese cambio de actitud, pero cuando me estrujó entre sus brazos también me inundó una sensación reconfortante. Me susurró al oído aun sin estar nadie a nuestro alrededor para escucharnos.

—Te perdono.

La ternura de su edad dejó de ocultarse en su rostro. No sonrió al cruzar el portal.

La ira, alegría, tristeza, confusión y muchas otras emociones cohabitan en la mente del individuo. Tomás no logró sonreír, pero sí dejó atrás ese licuado de conflictos. No todas las almas están dispuestas a aceptar consuelo, por lo que me proclamé afortunada de haber tenido suerte con esa.

Me aterraba fallarles a los siguientes designados. ¿Sería más sencilla una existencia humana o de Parca?

No le hubiera gustado que esas palabras que le brindaron tanto alivio no llegaran a su destinatario, pero era obvio que su mamá jamás recibiría esa carta, puesto que no quería que tuviera el mismo destino que Lalo. Estoy cansada de hacerle daño a quienes esperan más de mí. Por eso repetía en mi cabeza esas últimas palabras. "Te perdono".

Las decía en voz alta para ver si cobraban sentido.

Saqué la carta de mi bolsillo dispuesta a otorgarle ese valor a las palabras de Tomás. Sus sentimientos merecían ser leídos.

PARTE DOS

Capítulo 11

Tomás fue el primero en escribir una de las muchas cartas que solo vieron el interior de mi bolsillo.

Andrés murió un lunes. El pitido intermitente se transformó en continuo y los papás rápido cerraron el álbum que tenían en sus manos y llamaron a la enfermera. Con palabras amables les pidieron salir. Leí mi guion sin pensar en el infierno que pasaban los papás fuera de la habitación. Respondí una a una sus preguntas. Su rostro transmitía preocupación.

Lo terrible sucedió cuando hicieron pasar de regreso a los papás.

—Muerte cerebral —les dijeron sin titubear.

Dos semanas antes había recibido su nombre y había visto a cada visita que recibía en la solitaria silla blanca en la esquina de la habitación. Sus padres leían su libro favorito, llevaban álbumes de fotos para platicar del día en que fueron tomadas y al terminar el día se despedían con un beso en su frente. Su mamá en ningún momento soltaba su mano que todavía seguía caliente. Su papá ponía su música favorita con volumen bajo para evitar otro regaño de la enfermera. Vi distintos ramos de flores en la mesa de noche, varias de sus fotos de bebé, escuché 84 canciones diferentes, 32 páginas de una novela de Agatha Christie y 176 veces la frase "Te extraño".

Me pareció insensible que tan pronto había muerto ya les habían preguntado si querían donar sus órganos. Aún no procesaban que su hijo ya no estaba. Aquel cuyo pecho subía y bajaba apenas unos minutos antes.

Al principio se negaron porque hacerlo significaría aceptar lo ocurrido.

Vi a Andrés, con lágrimas en sus ojos, convertido en espectador. Una doctora aclaró que muchas personas podrían vivir si se donaban. Recalcó la urgencia de tomar la decisión. El cuarto se convirtió en una pintura sin terminar. Todos sus integrantes estaban inmóviles mientras esperaban que la pincelada final fuera trazada.

Sin pronunciar palabra accedieron. La mamá, con un gesto agonizante, fue a darle un último abrazo al cuerpo inerte de su hijo, pero la detuvieron porque con un movimiento brusco, la intubación podría moverse y dejar inservibles sus órganos.

—No pueden hacerme esto. Necesito abrazarlo —rogó la mamá—. Quiero despedirme.

—Es su decisión.

Andrés se acercó sin poder hacer nada. Él tampoco sabía qué decisión quería que tomara su madre. La vio también donar ese último abrazo y lo agradeció en su carta.

Su foto estaba enmarcada a un lado de la puerta de la cocina. Se le veía contenta mientras hacía sonar una campana en un hospital. Había vencido el cáncer. Era mi segunda designada en tener un recuerdo de ese momento. El día que la llevaron de emergencia a la misma clínica, la familia de Jessica no paraba de gemir la frase “Todo fue una mentira”. En su carta dejó en claro que por fin ya no le dolía la cabeza. Ya no estaba triste. Que ya se había hecho a la idea de que morir era el posible siguiente paso.

Después estuvo Enrique de veintisiete años. Recuerdo el portarretratos en su sala donde se le veía celebrando su segundo aniversario con su esposo. En su carta le pidió que siguiera con el trámite de la adopción, ya que sería bonito visitarlo en Día de Muertos y ver el grandioso padre en el que se convertiría.

Mateo también utilizó mi papel y pluma, así como Vero, Karen, María, Fabián y Emilio.

Pero también hubo muchos como Miguel, quien falleció unos días antes de Navidad y dejó en la casa de sus padres una atmósfera llena de culpa, así como varios regalos sin abrir. Aun cuando ninguna de las cartas de mis designados llegaba a su destinatario, me dolió que él ni siquiera pudiera escribir la suya. Con tan solo tres años vividos, lo cargué en mis brazos hasta el umbral.

Volví a creer en la muerte, aunque eso conllevaba una tarea más agotadora y desgastante que antes. Cada alma encuentra un consuelo distinto, pero aprendí a ver lo bello en eso. En la idea de dejar una parte de sí mismos con los que se quedan atrás.

Las cartas servían su propósito. Aligeraban la carga con las almas que cruzaban al más allá sin arriesgar la vida de sus seres queridos. Al fin y al cabo en muchas ocasiones cuando un individuo se siente mal, no necesita de un mar de palabras o acciones, solo busca que alguien lo escuche para así desahogar sus penas y dolores.

Todos tienen algo que decir, pendientes por resolver, disculpas que ofrecer y aceptar.

El único detalle fue que, gracias al florecimiento de mis emociones humanas, en cada escrito que entraba a mi bolsillo, notaba los sentimientos impregnados en la tinta cobrar vida. Empezó a pesarme recoger historia tras historia. Conectar con mis designados y sus familiares. Todas esas emociones se volvían parte de mí y hacían cada vez más difícil mi ya complicada labor. Aunque la alegría de encontrar esa forma universal de guiar a las almas me hizo ignorar esa falla en mi sistema. La grieta en mi costilla seguía abriéndose, a pasos acrecentados. Y no me creía capaz de detenerla.

Capítulo 12

El olor a pan recién hecho es mucho mejor de lo que me habían contado. El chico insistió en que cada día que salía de casa para ir a la escuela, el olor se extendía por toda la cuadra. Su estómago vacío incrementaba la dulzura del aroma. Lo detenía por unos instantes frente a ese semáforo que formaba la barrera entre la calle donde estaba la panadería y la banqueta del otro lado que lo obligaba a continuar con su día. Dejaba pasar el rojo una vez. Y otra. Hasta que el tiempo avanzara y tuviera que correr para no llegar tarde. Hizo que me diera hambre. Lo acompañé al umbral y aún con un par de lágrimas secas en su cachete, logró cruzar con más animosidad.

Tanto Bruno como yo lloramos al ver a Fernando en el suelo. Su bondad ingenua permitió que no fuera una gran pelea, tampoco que hubiera gritos o amenazas. Solo estaban ahí en ese rincón del patio de la escuela, alejados de los maestros y bajo un cielo que parecía anticipar la tragedia.

El golpe contra la esquina de una banca no le provocó dolor, pero sí un par de risas a su alrededor que todavía no se percataban de lo sucedido.

Y un día después ahí estaba, como le había prometido a Fernando antes de despedirnos, cerca de la panadería mientras esperaba a que el sol saliera. Me quité el sombrero en esa solitaria calle y el olor más delicioso del mundo inundó mi nariz. Por inercia, cerré los ojos. Apreté con fuerza su carta. Añoré su presencia. Deseé tener aunque sea unos minutos más con él para que siguiera contándome de sus cosas favoritas. Lo extrañé más cuando en su funeral vi el pan dulce repartido entre los asistentes.

Tomó varias horas tranquilizar a Isabel, pero cuando se acostumbró a mi presencia fue fácil entablar conversación. En mi regazo ronroneaba el gatito blanco que la distrajo. El viento golpeaba mi sombrero, aunque no era suficiente para levantarlo del suelo. Ambas nos sentamos frente al árbol por donde Isabel cruzaría. Sus preguntas me conmovían a tal punto de sentirlas como agujas. Los planes que hacía para el momento en que regresara a casa me generaban más angustia. Y la razón de que el gatito blanco nos alcanzara fue porque no estábamos tan lejos del lugar en el que la atropellaron. Así como Isabel, su reacción inicial fue alejarse, pero la curiosidad fue más grande. Sonreí al pasar mi mano por su pelaje. La pequeña rio. Aunque su sonrisa desapareció en cuanto se dio cuenta de que no podía acariciarlo. El gato tampoco la veía a ella. Platicamos un rato más hasta que Isabel insistió en querer ir a casa.

Sentí un rasguño en mi pierna cuando el gatito saltó para perseguir una mariposa. Una línea fina se marcó en mi traje. No me dolió, pero aun así ese gesto tan simple, tan vivo, me atravesó con una calidez que no esperaba. Era como si la vida misma me dijera: "Sí, existes entre nosotros, aunque seas muerte".

Suspiré mientras veía al gatito lamerse una pata ignorando su impulso cazador. Bajé de nuevo la mirada y me quedé observando la tela descosida, como quien encuentra una flor creciendo entre ruinas.

Me levanté y le pregunté a la pequeña si quería jugar a las escondidas. Dijo que solo una vez. A los diez minutos le mentí para que tuviera curiosidad por cruzar el umbral. Lo hizo. Antes se despidió del gatito que estaba estirándose.

Volví a sentarme bajo la sombra del árbol. A mi lado dejé mi libreta abierta para no perder ni un instante a la hora que apareciera el próximo nombre. Me maravillé de conocer los anhelos de aquellos que todavía sienten curiosidad por el siguiente día. Era más doloroso que con quienes vivieron hasta una edad avanzada, pero sus necesidades y preocupaciones eran simples de calmar. Isabel no quiso hacer una carta, no solo por no saber escribir, sino porque no le veía sentido. Al fin que ella creía que pronto regresaría a casa. Suspiré y deseé que así fuera. Estuve a punto de levantarme, pero el gatito dormía disfrutando de la calma que le ofrecía mi regazo. Me dio miedo hacer el mínimo movimiento que pudiera despertarlo. Sentí su rasguño cerca de mi grieta. Sonreí.

A lo único que no me acostumbré fue a la lluvia. Una pequeña designada me dijo lo mucho que le gustaba jugar bajo ella. Saltar en los charcos. La sensación de los calcetines mojados y del peso que se añadía a su pelo. Empapada, el frío aumentaba y por alguna razón su chamarra ya no le daba calor. Dejó bien claro que era distinto a bañarse, porque mojarse bajo la lluvia le traía la satisfacción de lo prohibido. La regañaban continuamente por enfermarse, pero no se lo pensaba para volverlo a hacer.

No había charcos en los cuales saltar antes de cruzar su umbral, pero le prometí que más adelante lo haría. He visto las gotas de lluvia correr con desesperación de un lado al otro en las ventanillas de un coche. También su golpeteo agresivo a las hojas de las plantas que la utilizan para hidratarse, en los techos de aluminio, como si quisieran ser escuchadas. No le tengo miedo. Pero los pies veloces de las personas sobre la banqueta, a la huida con paraguas y periódicos que se abrían sobre las cabezas, me habían hecho percibirla negativamente, así que he seguido esa regla humana. Es más, siempre que llueve me refugio bajo algún techo aun cuando tengo el sombrero puesto.

Pero había hecho una promesa, así que esperé unos días a que la ciudad se cubriera con nubes grises. Mi designado de ese momento hacía su tarea de geografía a la luz de su lámpara de rinoceronte. Me tomé unos minutos para salir a su patio trasero que también usaban como área de lavado y esperé. Jugaba de manera intermitente con Mazapán, un pequeño chihuahua al que cada vez le costaba más correr. Me quitaba el sombrero para lanzarle su pelota que de roja ya no le quedaba nada, pues los mordiscos la habían descarapelado revelando el material blanco esponjoso y perforado. En cuanto lo veía correr tras ella me ponía de nuevo el sombrero. Me daba risa su expresión confundida cuando al regresar no veía a nadie, para de inmediato sorprenderse al verme hacer de nuevo acto de presencia.

El suelo gris empezó a pintarse con minúsculos puntos negros. Miré al cielo, cerré los ojos y de nueva cuenta me quité el sombrero. Una gota tras otra. Una chispa de felicidad inundó mi cuerpo con cada golpecito. Estaba embelesado al verlas dibujar un caótico patrón en la tela de mi traje. Fueron varios minutos los que tuve los dos brazos levantados sin quitarles la mirada de encima. Incluso Mazapán se desesperó de que no lanzaba de vuelta la pelota. Con un murmullo le prometí que en cuanto terminara la lluvia regresaría a jugar con él. Era todo como la pequeña dijo, aunque había olvidado mencionar el aroma tan exquisito que se percibía.

Estuve a punto de considerar el mojarse bajo la lluvia como una de mis actividades humanas favoritas, hasta que las pequeñas gotas dejaron de serlo para transformarse en un torrente de agua fría. Sentí el peso de mi traje mojado transformarse y corrí al cobertizo donde también estaba la pequeña casa con el nombre de Mazapán escrito en tinta azul. El corazón lo tenía agitado. Lo que más me preocupaba es que mi libreta y las cartas en mi bolsillo también se mojaran. Veía y sentía el agua escurrirse de las extremidades de la tela y bajando por mis huesos. Hacían un eterno y excruciante recorrido para llegar al suelo. No sentía dolor, pero sí incomodidad. Así que cada vez que un charco se formaba bajo mis pies me movía a otro recoveco con tal de que el agua no penetrara mis zapatos. No estaba dispuesto a saltar en ellos para cumplir mi promesa, tendría que bastar con sentir algunas gotas. Mazapán terminó durmiéndose mientras yo esperaba desesperado a que la lluvia cesara. No faltaba mucho para que anocheciera, después de dos horas la luna brillaba con intensidad en un cielo ya despejado. De todos modos me quedé en mi escondite unos minutos más.

Con el silencio de la noche, y los ronquidos de Mazapán, procedí a quitarme el traje. Con paciencia saqué de los bolsillos, una por una, las cartas de mis anteriores designados y con ayuda de las pinzas que colgaban del tendedero las puse a secar. Tal vez hubiera sido más rápido durante el día, pero eso ya no era posible. Exprimí la camisa, el pantalón, la corbata y el saco. También los colgué y vi cómo con el paso del tiempo charcos de agua se formaban debajo. Regresé al cobertizo y ahí estuve, en los puros huesos, mientras esperaba a que la noche terminara. No me gustaba la lluvia, pero cuando llegó el momento de ayudar a cruzar el umbral al pequeño que sacó ocho en su tarea de geografía, su respuesta a mi pregunta de qué es lo que más disfrutaba hacer, fue que jugar con su perrito Mazapán. Sentí de nuevo la punzada en mi costilla. Ambos se quedarían con las ganas de una última sesión de juego. La lluvia de esa noche me permitió cumplir mi promesa de lanzar un par de veces más la pelota.

Normalicé sentirme mordisqueada por las emociones nacientes con cada designado, pero también satisfecha de acercarme a mi propósito. Me repartía en pedazos a los demás y lamentaba no haberle entregado más a los que guie apegada a las reglas.

Capítulo 13

Por las noches trato de imaginar lo que sucedería en mis sueños si los tuviera, pero mi tiempo ilimitado ha hecho nula mi capacidad de ver más allá de mi labor. Los humanos planean tanto para los próximos cinco minutos como para los siguientes cuarenta años. En cambio, mi única meta ha sido guiar a la siguiente alma. Mi crecimiento se mide en el número de designados. Envidio a los humanos que piensan en su futuro. Saben que no caminan por una sola senda. Tienen, en cada uno de sus pasos, la posibilidad de encontrarse con cientos de avenidas que los lleven a donde quieren, o al menos acercarlos a esas metas. Y si algún día se pierden, un pasadizo siempre se abrirá para guiarlos de nuevo. En cambio, nosotras estamos forzadas a un sendero largo que jamás nos permitirá abandonarlo. Me molesta no tener sueños, y a veces ese rencor me provoca un gran alivio cuando mis designados más jóvenes pierden los suyos. Siempre me regañé por pensar así. Era evidente que la culpa no debía recaer en aquellos que sufren por ver sus metas abandonadas, aún menos si la vida que tanto cuidaban, les era arrebatada. Eran mis superiores los que no solo se encargaban de decidir quién nacía humano y quién como

Parca, también escogían si ese sendero incluía vivir por mucho tiempo, o merecer migajas en forma de años. Jamás entenderé sus motivos, pero aun con su poca consideración e interés por cumplir con su trabajo, los cambios que he sufrido me han traído momentos que me han hecho sentir más humana. Y eso lo agradezco porque significa que en el camino que transito, un pequeño callejón empieza a formarse, dándome la esperanza de algún día soñar con ser más que una Parca.

No importa el dolor de las despedidas, mis designados con cada abrazo, frase o sonrisa que me regalan al cruzar el umbral, me hacen saber que vale la pena ver más astillas en mi costilla. Aunque hubo excepciones.

En su penúltimo día Melisa llegó a casa otra vez cansada. El trabajo y la universidad eran suficientes para mantenerla irritada en las pocas horas que la caótica y agobiante Ciudad de México le dejaba para dormir. Saludaba con desgano a quien estuviera en la sala en cuanto ella entraba. Dejaba sus llaves en la mesa de cristal a un lado de la cocina y soltaba con cuidado su mochila en el sillón para después quitarse el reloj, pulseras, collares, y cualquier prenda que no la hiciera sentir cómoda. Los tenis se quedaban afuera del baño. Al menos un par de minutos los dedicaba a verse en el espejo. Apreciaba su rostro agotado, las ojeras que ensombrecían su mirada y la indiferencia que proyectaban sus labios. La ducha era su momento favorito, como si el agua atrapara sus pensamientos y se los llevara consigo hasta la coladera. Mientras cenaba discutió con su hermano por un cargador de celular roto. Su papá tuvo que detener sus gritos que terminaron por empeorar. A la mañana siguiente recorrió el camino trazado el día anterior para recoger sus pertenencias. Nadie se dirigió la palabra. Su última interacción fue cuando su hermano, con un gesto casi imperceptible, le hizo saber a Melisa que olvidaba las llaves de la casa.

Y desapareció. No para mí, por supuesto, ya que la seguí en el camino a su universidad. Desde la espera en el camión que todos los días hace parada a tres cuadras de su casa y la deja a cinco calles del edificio donde tenía su primera clase del día, hasta ese callejón que usó por varios meses para acortar camino. Fue a plena luz del día. Se me hizo un hueco en el estómago al verla embestida contra la pared. Trató de defenderse, pero su agresor era mucho más fuerte. Gritaba y forcejeaba. Más adelante, gracias a la carta que escribió, supe que en ese pequeño lapso tenía en su cabeza la frase que su padre siempre le repetía. "Entrégales todo. Vale más tu vida que lo que puedas traer en tu mochila". La mató un golpe de nuca contra la pared. Su alma apareció junto a mí y ambos vimos un pequeño rastro de sangre que seguía a su agresor. Él la cargó hasta el coche que lo esperaba encendido al otro lado del callejón. Bajé la mirada y vi que la mochila, con todas sus bolsas cerradas, permaneció en el suelo. Mis manos se tensaron con el recuerdo de Nati. Tanto su tumba como la de Melisa estarían vacías. Dudo que haya prestado atención cuando leí mi guion, porque sollozaba hincada y con las manos en el pecho. Me arrodillé y le acomodé su cabello. Le pregunté si quería escribirle una última carta a su familia. Su respuesta fue agarrar la pluma y hoja que saqué de mi bolsillo. Las palabras surgieron sin hacer una sola pausa. Le dio la vuelta a la página y siguió con su letanía, dirigida a su hermano y padre, que se manchaba conforme una nueva lágrima caía sobre la tinta fresca. Noté la diferencia en su llorar, puesto que no estaba provocada por la tristeza sino por la impotencia. Varias veces se secó el rostro con la manga de su sudadera y después negaba con la cabeza antes de atizarle un golpe al suelo.

Con tal de darle privacidad me alejé unos pasos, luego ella los recorrió para entregarme la carta arrugada que había apretado por el coraje. Creí que entonces me dirigiría la palabra, pero así de rápido como llegó se dio la media vuelta y caminó de regreso. La vi agacharse para recoger su mochila, pero rápido se dio cuenta de que no era posible. De lejos la vi insistente en agarrar algo, así que me acerqué para ofrecerle ayuda. Dio de nuevo unos golpes al suelo con desesperación. Quería agarrar un pin en forma de pulpo que apenas se sujetaba de un par de hilos en el bolsillo lateral. Imaginé que fue durante el forcejeo que la tela se rasgó. Mire a mis alrededores, asegurándome de que ningún humano cruzara por ahí, y me quité el sombrero para arrancar el pin de la mochila y dárselo a Melisa.

—Me lo regaló mamá —susurró.

—Lo siento —contesté con el ánimo decaído.

Sabía que nada que pudiera decirle la haría sentir mejor. Le habían arrebatado sus sueños y con ello, borrado sus esfuerzos. Que su nombre estuviera en mi libreta significaba que el estrés, el cansancio y la dedicación para mantener un buen promedio mientras llevaba dinero a casa era inútil, no darían ningún fruto. Melisa murió de forma injusta, ¿yo era la responsable de aceptar esa decisión hecha por mis superiores y seguir como si fuera una muerte más. No era justo.

Al salir del callejón noté que no traía uno de sus tenis. Regresé a donde estaba su mochila, volví a mirar mis dos laterales y me quité el sombrero. Arrodillada, le amarré las agujetas y seguimos nuestro camino. Su mano tembló todo el recorrido hasta el árbol más cercano. Cruzó el umbral y lo último que vi de ella fue el pin colgado en su pecho a la altura de su corazón.

Me quedé un rato en el callejón. Esperaba el siguiente nombre. Venía a mi mente la frustración de Melisa y la forma en la que se implantó dentro de ella en el segundo que entendió lo que sucedía. Jamás la abandonó. En ningún momento trató de sonreír por pensar en que las cosas siempre mejoran, no se engañó a sí misma y dejó que esa emoción la abrazara. Se permitió llorar. Solté las lágrimas que tanto me había esforzado en guardar. Por fin acepté que estaba cansada de fingir que no me desesperaba la condición de mi labor. Encasillada a seguir cada vida con lujo de detalle. Con la idea de que no importaba cumplir con mi trabajo. Porque ya sea que lograra que mi designado se desahogara mientras escribía su carta o verlo cruzar el umbral habiendo dejado atrás un pedacito de su dolor, no tenía el tiempo suficiente para procesar la despedida. Era forzoso seguir adelante. Y así debe de ser, ¿no es cierto? Al fin y al cabo un humano, así como Javier, se confundiría al estar frente a su cuerpo si no me presento. Pero dolía apenas estar procesando la muerte de aquel designado al que le tomé cariño, para un par de días después leerle mi guion a otra alma con la cual también generé cierto afecto. Y luego los humanos pueden ser difíciles de ayudar. Es desgastante mantener la mente abierta y empatizar con su situación, pareciera que no están dispuestos a recibir una mano amiga. Escucho, abrazo, hago válidas sus emociones y aun así el rechazo es común. Muchas veces me resisto al impulso de contestarles de regreso, de obligarlos a seguir mi proceso, y otras ocasiones inclusive de rendirme. Con algunos había querido quedarme callada hasta llegar al portal y desatender esa angustia que no abandona su rostro, permitir que sufrieran porque muchos no quieren dejar de hacerlo.

Entonces bastaba con recordar a mi mentor. La forma en que encaraba el destrozo interior de sus designados sin titubear en aniquilar esas últimas fibras que albergaban sus emociones. Gasolina suficiente para avivar mis ganas de seguir esforzándome, aunque me agotara. Esa me parece la mayor injusticia. Es molesto ver a quienes viven sin saber que las cosas que hacen llegan a ser mediocres y, por eso, no se desgastan en tratar de cambiar. Mientras tanto, ahí estaba yo con esa maldita grieta que no dejaba de crecer en mi costado. Quisiera callarme al respecto, pero en verdad estaba cansada. Sentía que eran pocas las almas que había logrado salvar. Si es que mis acciones encajan en ese término. Todavía no merecía un descanso. No cuando todavía tenía bastante por hacer.

Entendí lo mucho que necesitaba dejar que fluyeran todos esos pensamientos, solo así logré recobrar la compostura y levantarme. Revisé mis alrededores y me quité el sombrero para recoger la mochila de Melisa. Empecé a ver los demás pines y parches que tenían los bolsillos, las cintas y hasta los cierres. Reconocí el logo de The Beatles, la frase de un libro que hacía referencia a una tal Pemberley y una rata con sombrero de chef. Recordé con cariño los días que la acompañé y la escuché hablar de esos pequeños mementos que le quitaban la sensación de soledad. Me adormilé tanto con esas emociones que olvidé que no traía puesto el sombrero.

—¿Quién eres tú? —preguntó una voz temblorosa al otro lado del callejón.

Me petrifiqué al escuchar por segunda vez a un humano dirigirme la palabra. De nuevo los recuerdos me abordaron. Lo último que buscaba era adelantar la muerte de otra persona.

—¿Dónde está Melisa? —insistió mientras se acercaba a pasos lentos. Sus tacones hicieron eco—. ¿Esa es su mochila?

Levanté la mirada. La poca luz que dejaban entrar los ventanales de un edificio me permitió mantenerme en la sombra.

—Voy a hablarle a la policía —señaló su celular que estaba a un botón de hacer la llamada de emergencia.

Pensé en responderle, pero en ocasiones anteriores las palabras no me habían servido lo suficiente. Así que dejé que un pequeño rayo de sol me iluminara. Mi rostro quedó expuesto y eso me hizo sentir llena de una sensación cercana a la libertad. Ella exaltada cubrió su boca con la otra mano. Por fin presionó el botón.

Capítulo 14

—Creo que ya te diste cuenta de que no tiene sentido llamar a la policía, ¿verdad? —Ahora fue ella quien dio unos pasos hacia atrás mientras yo me acercaba—. Dame la oportunidad de explicarte todo.

—¿Dónde está Melisa? —exclamó frustrada.

Era evidente que no me afectaba que la policía llegara. Bastaba con ponerme mi sombrero y dejar que los humanos resolvieran sus asuntos a su estilo: etiquetar a la mujer como la "loca" que vio a un ente extraño justo donde su amiga había desaparecido. Pero sus ojos no solo expresaban terror ante mi imagen, sino una indudable tristeza por comprender que lo peor le había sucedido a su amiga. Además, tomé la decisión de protegerla del destino que provoqué en Lalo por ser poco precavida y dejar que me viera. No quería cargar con la muerte de otro humano, y si eso involucraba dar más explicaciones de las que podía, estaba decidida a hacerlo.

—Soy una Parca. Encargada de guiar al más allá a quienes fallecen. La siguiente en mi lista era Melisa.

—Hola, sí, una amiga desapareció. Necesito ayuda en un callejón en Avenida Linares, a la altura de la estación de taxis. No, no está ella por eso digo que desapareció. Solo encontré su mochila y un... hombre de traje. Vengan rápido.

—No va a servir de nada —insistí.

Mientras sacaba la cámara de su celular y apuntaba en mi dirección, me puse el sombrero. Fue breve su confusión cuando volteó a donde hace unos segundos estaba el hombre que creía le había arrebatado a su amiga.

—¿Por qué no sales, cobarde? —se le cortó la voz al exigir una respuesta—. Si muy hombrecito para quitarle la vida a otras, sal cabrón y muestra tu cara.

La vi correr hacia la mochila de Melisa. Al momento de agacharse para recogerla me puse atrás de ella, me quité el sombrero y le susurré.

—No soy un hombre. Soy la muerte. —Sus hombros se tensaron—. Tal vez querías más a Melisa de lo que yo pude hacerlo, pero eso no quita que también me duele su pérdida. Entiendo tu dolor y tu enojo, solo quiero aclarar que no soy la culpable.

Se sentó en el suelo y no dijo nada. Solo lloró. Todavía no confiaba en que la chica entendiera mi razón de estar ahí. Me ha pasado que, al encontrarse conmigo, piensan que alucinan o sueñan. Así que procuré no decir nada, ya me había quedado claro que a veces era mejor callar que ser inoportuna. Comprendo que la adrenalina de varias emociones combinadas llega a abrumar a los humanos, así que no quería ser una voz más entre todas las que de seguro ya escuchaba. Me senté a su lado y esperé un par de minutos hasta que estuviera lista para platicar. Y si soy sincera, me alivió saber que por fin podría compartir mis sentimientos sobre la pérdida con alguien vivo. Es algo que hubiera querido experimentar con la mamá de Nati, con la esposa de Roberto o con cualquier otro familiar de mis designados. Hacerles saber que no están solos en su dolor, y claro, aprovechar para confirmar que yo tampoco lo estaba. Melisa, sin desearlo, me dio un gran regalo al permitirme conectar por primera vez con una humana que todavía pertenecía al mundo de los vivos, y no pensaba desperdiciar esa oportunidad. Además, sabía que a diferencia de mi caso con Lalo, no cometería el error de avisarle a mis superiores de lo sucedido. No, esto se había convertido en mi secreto, y aunque el temor de cargar en mis manos más sangre humana era suficiente para no revelarlo, conocerla con mayor profundidad ayudaría aún más. Al día de hoy, no me arrepiento de esa decisión.

Varias personas cruzaron el callejón en un lapso de diez minutos. Al verlas a lo lejos me colocaba el sombrero y, con tal de asegurarle a la chica que ahí estaría en cuanto estuviera lista para conversar, me lo quitaba al instante en el que volvíamos a ser los únicos. Algunos le preguntaron si se encontraba bien, pero ella respondía con monosílabos que los ahuyentaban. Otros la veían con clara confusión y hubo hasta quien pasó por encima del pequeño rastro de sangre ya seca que había dejado Melisa.

Por fin la chica levantó la cabeza. Entrecerró los ojos, hinchados y rojos, por toda la luz que percibió. Su rostro tenía unas grandes manchas carmesí provocadas por la presión que había hecho con sus manos.

—Entonces, ¿eres la muerte? —preguntó tan bajito que apenas pude entenderle.

—Dame un segundo. —Me puse rápido el sombrero y dejé que un señor cruzara el callejón—. Sí, soy una Parca. Como te dije antes, Melisa era la siguiente en mi lista y mi única labor fue guiarla al más allá.

—¿Sabes qué le sucedió?

—Sí. Lo presencié todo.

—Imagino que no podías hacer nada para evitarlo.

—Nosotras, las Parcas, no tenemos permitido involucrarnos en asuntos humanos. Permanecemos en las sombras hasta que fallecen.

—No entiendo entonces por qué estás aquí hablando conmigo.

—Es importante que los humanos no nos vean, pero la conmoción del suceso hizo que me descuidara. En cuanto supiste de mi existencia, eso implicaba…

—¿Tienes permitido contarme lo que le pasó a Melisa? —me interrumpió.

—No lo tengo prohibido. ¿Te gustaría escucharlo? —pregunté aun cuando conocía su respuesta. Tenía la esperanza de que contestara que no, porque por dentro estaba aterrada de repetir la sucesión de los hechos.

—Por favor.

Ni bien terminé de relatarle lo sucedido con Melisa desde que salió de su casa hasta que murió, y ya me preguntaba si podía describirle el rostro de la persona que la asesinó.

—Fue todo tan rápido y estaba tan enfocada en ella que no pensé en mirar su cara.

—Entonces no me sirves de nada. —Se levantó y pasó a un lado mío. Me sorprendió, porque no es como que todos los días vea a un ente que, de forma literal, se encarga de llevarse a los muertos al más allá. No tengo la certeza de si mis siguientes palabras surgieron de la necesidad de poseer más control sobre el peligro de haber sido vista una segunda vez, o por la urgencia de tener con quién platicar.

—¿Quieres leer la carta que dejó antes de cruzar el umbral? —Rápido la saqué de mi bolsillo para mostrársela.

Capté su atención. Se detuvo.

—¿Meli la escribió?

—Todavía no la leo. ¿Quieres leerla primero?

Caminó de regreso a mí. Me miró con una mezcla de nostalgia y amabilidad. La tomó de entre mis manos y antes de leerla acarició las lágrimas secas que mancharon la tinta.

—Creo que no te menciona en la carta —le expliqué cuando trató de aplanar lo arrugado del papel—, solo recuerda que las emociones que sentía eran intensas y es probable que no la dejaran expresar todo lo que quería.

—No pasa nada. Esa es la menor de mis ocupaciones.

—Te espero a que la leas. Estaré ahí junto al basurero, en el momento en el que quieras platicar o regresarme la carta patea la botella y así sabré que tengo que quitarme el sombrero. De todos modos estaré atenta al momento en que termines.

—Te lo agradezco.

El rato que estuve ahí sentada fue agonizante. Mi cabeza reproducía sin parar la forma tan cruel con la que fue embestida Melisa. El rastro de sangre actuaba como un imán. Al tratar de no verlo, mi mirada lo buscaba con desesperación. Entre más dolía, más necesitaba observarlo para procesar lo que sentía. Luego volteaba a ver a su amiga que, con lágrimas que humedecían sus mejillas, repasaba los últimos momentos que tuvo junto a Melisa. No sé si tardó mucho en leer la carta o si el tiempo avanzaba lento gracias a la combinación de emociones que astillaban mi costilla.

—¿Estás ahí? —preguntó después de mover la botella con la mano.

—¿Cómo te sientes? —contesté.

—Todavía me sorprende lo rápido que apareces. —Aún tenía los ojos hinchados—. Creí que después de leer la carta me sentiría peor que antes. Meli siempre supo transmitir sus pensamientos de una forma que todos la entendieran. Su problema era que le costaba mucho expresarlo.

—¿No estás enojada? —pregunté angustiada—. Yo lo estoy. Todavía no me acostumbro a perder a mis designados. Después de acompañarlos, aunque sean un par de días o hasta por semanas, me es inevitable formar un lazo con ellos. Y eso que en ese tiempo ni siquiera asimilan mi existencia.

—¿Sabes que morirán mucho antes de que lo hagan? —Se sentó a mi lado después de quitarse los tacones.

—Sus nombres salen en mi libreta, pero no sé el día, la hora ni el lugar en el que fallecerán.

—Sí estoy enojada. Conmigo misma, con Melisa, contigo, con quien le hizo daño y con todos. Algo en su carta tranquiliza, sí. Duele, pero reconforta. ¿Cuánto tiempo antes de... eso, supiste que pasaría?

—Hace cinco días —respondí—. Sabes, una parte de mí se siente feliz de que la carta te haya ayudado. Quería que la persona fallecida liberara todas las emociones que sentía por su repentina muerte, y a la vez reconfortara a quienes dejó atrás. Esa es la razón por la que las implementé en mi guía.

—¿No es una práctica común entre las Parcas?

—No, la verdad es que nuestra labor es mucho más fácil. Solo tenemos que leerle un guion al designado y llevar su alma al umbral más cercano.

—Si te soy sincera, hay muchas cosas que todavía no entiendo. Me duele la cabeza de tanto tratar de formular todas mis dudas.

—¿Cómo te llamas?

—Rebeca. ¿Tú... tienes nombre?

Me quedé pensativa. Ella lo notó.

—No te preocupes.

—¿Melisa te dijo que estaba aquí? —pregunté por fin lo que tantas ganas tenía de conocer—. ¿O cómo es que supiste que necesitaba ayuda?

—Me mandó mensaje. Dijo que sentía que alguien la seguía y en cuanto traté de marcarle no me contestó. —Noté como su voz se apagaba con cada oración—. Me mandó su ubicación en tiempo real. Justo salía de una entrevista de trabajo, así que vi que iba para la universidad y al llegar a este callejón su conexión desapareció. Vine lo más rápido que pude.

La abracé cuando se soltó a llorar una vez más.

—Eres una gran amiga. Espero que lo sepas.

—Si fuera así habría llegado a tiempo.

—Su nombre estaba escrito. Y aun con mis dos siglos de experiencia, todavía no sé cómo borrarlo de mi libreta. Cuánto desearía tener ese conocimiento.

—Pero ¿por qué ella? No hizo nada malo. Estudiaba, trabajaba y ayudaba a su familia con los gastos.

—Nosotras las Parcas no juzgamos sus acciones en vida ni en la muerte. Nuestro único trabajo es guiar a sus almas. Y si te soy sincera, con cada uno de mis designados me hago la misma pregunta. ¿Por qué ellos? ¿Por qué ahora?

—¿Has llevado a muchas personas al más allá? —Me miró con curiosidad y experimenté una cercanía que solo había visto en los humanos. No es común para nosotras hablar sobre nuestra existencia con alguien más. Me sentí escuchada.

—He perdido la cuenta. Aparecí, en calendario humano, alrededor del siglo diecinueve. Y desde ese entonces he leído nombre tras nombre en esta libreta. —Con cariño acaricié su portada. Recordé el sinfín de personas que me han convertido en quien soy hoy, aun cuando mis emociones humanas surgieron apenas.

—Pensé que eras más grande.

—Todos dicen eso, ¿es por los huesos verdad? —bromeé.

—¿No se supone que está prohibido que interactúes con los humanos?

—Era una broma, pero sí. —Aparté la mirada llena de vergüenza—. Soy bastante nueva a comparación de mis hermanas. ¿Te puedo hacer una pregunta?

—Sin problema. Creo que yo ya hice muchas. —Su sonrisa me transmitió confianza.

—¿Por qué no te había visto antes? Acompañé a Melisa a su universidad estos días y no estuviste con ella en ningún momento.

Se quedó callada unos segundos. Su mirada se perdió y vi su mano recorrer su rostro en un intento de esconder lo que pensaba.

—Si prefieres no contestar, está bien, no tienes que hacerlo. —Intenté tranquilizarla, pero las lágrimas volvieron a salir. En el momento me arrepentí de haber hecho esa pregunta.

—Por eso estoy tan enojada conmigo misma—exclamó con desesperación—. Desde la semana pasada no hablamos. Todo por una estúpida discusión. Ni siquiera tenía sentido que me enojara. Le pedí que me acompañara a mi entrevista de trabajo porque estaba muy nerviosa. Está a unos diez minutos de aquí. Aproveché que hoy no tenía clases, así que me ofrecí a recogerla en su casa y al terminar la entrevista la dejaría en la universidad. Por mucho hubiera llegado unos cinco minutos tarde a su salón. Pero no quiso y me frustré de que siempre estaba ocupada. Discutimos y nos mantuvimos toda la semana sin hablar. Hasta que me mandó el mensaje de hace un rato.

—Entiendo. Crees que si te hubiera acompañado las cosas habrían sido distintas, ¿verdad?

—Es un poco más complejo que eso —dijo con amabilidad—. Me molesta que nuestra última interacción fuera esa. Que la discusión sea lo más reciente que haya vivido junto a ella.

—Todavía me falta mucho que aprender de los humanos —suspiré impaciente.

—Los humanos tienen mucho por aprender de los propios humanos.

—Aunque debe ser reconfortante que en su momento más vulnerable haya recurrido a ti, ¿no? —Tomé un pañuelo de la mochila de Melisa y se lo di a Rebeca para que limpiara sus lágrimas secas.

—Sería más reconfortante que esos momentos de vulnerabilidad no existieran, pero a quien escribe los nombres en tu libreta no debe importarle eso.

—Sí. Antes de experimentar las emociones como lo haces tú y todos los demás, no percibía lo grande y trágico que puede llegar a ser este mundo. No importa si mueres con las arrugas en cada parte de tu cuerpo o si apenas llevas tres meses de nacido, siempre parece que la muerte, que nosotras, llegamos en un mal momento.

—¿Recuerdas la primera alma que guiaste? —Regresaron sus ojos curiosos e interesados en lo que tuviera que decir.

—Se llamaba Alba Zamorano. Murió dormida en su cama.

Rebeca se quedó callada, como si esperara la continuación de una gran historia.

Miré al cielo, el sol resplandecía sobre nosotros y no había sombra que nos protegiera de sus rayos. El olor al bote de basura, cerrado y a unos metros, empezaba a soltar un aroma poco agradable.

—¿Te gustaría escuchar su historia?

Fue gracias a ese momento que decidí plasmar en esta libreta esas vidas que he tenido el placer de conocer.

Rebeca y yo hablamos y lloramos. Pocas personas cruzaron el callejón, así que no tuve que quitarme el sombrero tan seguido. Algunos la miraban dudosos. ¿Qué hacía una chica sentada sola y hablándole al aire? Pero dejaban morir su curiosidad rápido y la ignoraban.

Concluimos la charla cuando un nuevo nombre apareció en mi libreta. Suspiré. Rebeca notó lo cansada que me sentía. Me comprendía. Ambas estábamos dolidas y aun así teníamos que seguir.

—¿Te molestaría no comentarle a nadie sobre mi existencia? —le pregunté mientras me levantaba.

Asintió.

—Si algún día quieres, ven a visitarme a la universidad. Agradezco nuestra conversación.

Hablar sobre la muerte le había ayudado a resignificar la vida.

—Yo también. Eres la primera persona con la que hablo. Gracias por quedarte, Rebeca.

—¿Puedo quedarme la carta de Melisa?

—Me encantaría dejártela, pero tengo que resguardar todos los escritos de mis designados. Aunque si quieres leerla de nuevo puede ser la próxima vez que nos veamos.

—¿Sí nos volveremos a ver? —murmuró—. Pensé que las reglas de las Parcas no lo permitirían.

—También dicen que no deberíamos interactuar con ustedes y aquí estoy.

—En cuanto llegue la policía me aseguraré de explicarles que no había nadie, que creí ver a alguien, les diré que solo encontré la mochila.

Nos despedimos y caminamos en direcciones opuestas para salir de ese fatídico callejón. Tiempo después, cuando nos reencontramos, me contó que la policía nunca llegó.

Capítulo 15

Rebeca alcanzó a ver la botella que pateé. No había pasado mucho tiempo de guiar al pequeño Esteban. Mi primer instinto fue regresar a la ciudad donde entablé una conversación en la cual también se hablara sobre mí.

Pasaron algunas horas desde que llegué a la universidad hasta que por fin encontré a Rebeca. Entre tantos estudiantes era complicado localizarla. Me asustaba la idea de no ser bien recibida, pero la urgencia de volverme a sentir escuchada era más grande. La acompañé hasta encontrar el momento ideal para saludarla. Entre clases y conversaciones, que no sentía pertinente escuchar, me alejaba y revisaba mi libreta o releía algunas de las cartas de mis anteriores designados.

Cayó el atardecer. La cantidad de estudiantes había disminuido. En los pasillos, abundaba el bullicio de jóvenes despidiéndose para ir a casa y otras actividades. Rebeca se alejó del eco de los pasillos y caminó al estacionamiento acompañada de una amiga. Aproveché la soledad a mi alrededor para sacar una botella vacía que estaba dentro de un bote de basura. La pateé en su dirección y ambas mostraron sorpresa cuando llegó a sus pies. Lo atribuyeron al viento y siguieron con su camino, pero Rebeca ya no dejó de voltear a todos lados en busca de algo. Se veía desconcertada. Había visto ese rostro en varios de mis designados que sentían cierta persecución previa a su muerte. Aun con el sombrero puesto me acerqué a ellas con sigilo para evitar cometer el mínimo error. Estaba impaciente. El sol se ocultó y la luz del estacionamiento era la única que las iluminaba. Rebeca abrió la puerta y sacó una sudadera del asiento trasero. El viento, alimentado por la oscuridad, incrementaba su fuerza. Con discreción la vi apuntar al asiento del copiloto. No sabía si temía, pero deduje que ella sabía que estaba ahí, así que me acerqué. Mientras se despedía aproveché para meterme al coche. Cuando no quedó ningún otro humano cerca, se subió con calma. Revisó el espejo retrovisor y los dos laterales. Se abrochó el cinturón de seguridad y encendió el motor. Yo observaba con atención cada movimiento. Esperaba una señal.

—¿Estás ahí? —Volteó hacia donde creyó que estaba.

—Hola, Rebeca. —Por más emoción que sentía, sabía que tenía que mantener la calma.

—No puedo creerlo. —Nuestras miradas se encontraron por unos segundos y de inmediato empezó a manejar hacia su casa; yo aún no lograba descifrar el desconcierto, no sabía si hubiera elegido interactuar nuevamente conmigo o no—. Todos estos días me preguntaba si era un sueño lo que había sucedido en ese callejón. ¿Te fue bien con el siguiente nombre?

—Bueno, me gustaría decirte que bien. Tenía cinco años. Sencillo, sí. No comprenden mucho a esa edad, tampoco saben escribir todos. Pero piensan que aún viven, creen que regresarán con sus padres.

—¿De qué murió? —Hizo una pausa—. ¿Es de mal gusto preguntarte?

Negué con la cabeza y mantuve el silencio otro poco.

—No. Es decir, no te preocupes. No entendí muy bien lo que sucedió, pero para no hacerte el cuento largo, fue en un hospital. Sus riñones no funcionaban como debían. Su cuerpo se rindió. ¿Sabes cómo está la familia de Melisa? —pregunté en un intento desesperado por dejar de pensar en Esteban. Tenía muy presente las lágrimas de sus papás y lo rápido que esa camilla encontró un nuevo paciente.

Rebeca se quedó callada. Otra vez había tocado una fibra sensible. Sentí una adrenalina inexplicable que aumentó junto con la velocidad del coche.

—Perdón si dije algo malo. No es necesario que contes...

—Lo es. —Hizo una interrupción y apretó con menos fuerza el volante—. No te voy a mentir, no he podido hablar de esto con nadie. Ni en la universidad, ni en mi casa, ni conmigo misma. Cada vez que alguien menciona su nombre, o pasa un día más sin recibir un mensaje suyo o me sucede algo que le hubiera contado, lloro. Sin más esfuerzo todo a mi alrededor se silencia y los únicos pensamientos son mis recuerdos con ella. Sé que con el tiempo comprendes la pérdida, ya que el dolor nunca se va.

—Es una pena que los recuerdos que tenemos de una persona se vuelvan fríos y distantes al reconocer que no habrá nuevas memorias.

Lo decía con una certeza inamovible y yo en realidad no podía decirle más. Había visto de todo. Personas que nunca perdían ese dolor, personas a las que se les diluía por dentro, quienes lo revisitaban cada tanto. Duelo en oleadas de culpa o de nostalgia agridulce. Había visto gente esperanzada en la reencarnación, en la vida eterna. Y había visto también a aquellos con una capacidad lógica de abandonar por completo el sufrimiento y la nostalgia. Sí, quizás sufriría, quizás podría sentirla presente en todo, quizá podría usar el dolor como motor de ideas o acciones, o quizá no porque la vida no se trata de ser productivo, quizá descubriría que no tenía que darle sentido a lo sucedido. Quizá también varias o todas esas cosas podrían ser ciertas en distintos momentos. Eso solo lo llegaría experimentar ella.

—Y hay algo que duele más. —Desvió la mirada de la carretera para verme aunque sea por un instante—. No saber qué le pasó a su cuerpo.

Esas palabras detuvieron las que estaba a punto de expulsar. No importó el ruido de la radio en el coche ni el viento que golpeaba las ventanas ni los limpiaparabrisas que empujaban las pocas gotas de lluvia que caían. Mi mundo se tornó negro y parecía que solo existíamos Rebeca y yo. Sus ojos vidriosos estaban a punto de quebrarse.

—Su hermano dejó de ir a la escuela. Su papá intentó pedir unos días libres en el trabajo y le dijeron que no podían permitírselo. El corto rato que los visité para llevarles un poco de la comida que había preparado para mi semana, estuvieron pávidos. Sé que no tenían la mejor relación con Melisa, pero aun así, no quiero imaginarme el dolor de perder a una hija. Y para empeorar la situación, la policía le dio carpetazo en dos semanas.

—Eras la única que sabía lo que en verdad había pasado. ¿En algún momento compartiste esa información?

—Es probable que pienses que estoy loca, pero así como creí que tu existencia era parte de una mala noche, por varios días supuse que todavía existía una remota posibilidad de que Melisa regresara. Le llamaba todas las mañanas sin falta aunque su celular mandara al buzón. Le escribía mensajes cada hora libre que tenía. Una pequeña fracción de mi cerebro piensa que sigue viva, aun cuando estás aquí a un lado mío. Pero para contestar tu pregunta, no. Te digo que no es un tema que pueda hablar con cualquiera. Llevo semanas con este sentimiento guardado, y eso que mi mamá solía decir que las palabras no expresadas se pudren dentro de nosotros.

Palpé las cartas en mi bolsillo.

—¿Le hicieron un funeral? —Saqué la libreta y me aseguré de que no hubiera un nombre nuevo.

—Sí. Hasta colocaron un pequeño memorial en la universidad. Fue tanta la presión de las estudiantes que el rector se comprometió a colocar más vigilancia alrededor de la escuela. —Suspiró con evidente molestia. Apagó la radio y continuó—. Hay palabras que incluso expresadas se corrompen junto con quien las dice.

—Lamento mucho lo sucedido, Rebeca.

—Te tengo dos preguntas, y por favor llámame Rebe.

—Adelante, Rebe.

—¿Por qué te disculpas tanto?¿A qué le tienes miedo?

Debió haberme percibido atónita. Fue tan drástica en cambiar el tema hacía mí. Se apenó un poco y encendió de nuevo la radio.

—También me disculpo mucho más de lo que debería. Una primita falleció por un problema con sus riñones, ¿sabes? Me acordé de ella cuando hablaste de Esteban. Frida. No la conocía tanto. Recuerdo que fuimos a su funeral. Todos comentaban el tamaño del féretro y lloraban.

Noté que la conversación seguía descarrilándose a temas lúgubres y decidí no hablar de la muerte por primera vez. Me encanta la sensación que me trae escribir esas palabras porque simbolizan lo mucho que he crecido como Parca.

—Por cierto, para volver a tu pregunta. La lluvia.

—¿Perdón? —contestó confundida.

—Le tengo miedo a la lluvia.

Se quedó callada. Hizo una mueca y volteó a verme sin quitar ni una mano del volante. La miré contrariada. No entendía lo que sucedía. Se soltó a reír y unos segundos después me uní a las carcajadas. Seguía sin comprender lo gracioso, pero su risa era contagiosa.

—Cuando te pregunté eso era para saber qué diablos le asusta a una Parca. Monstruos que solo ustedes ven, el fin de los tiempos, vaya, hasta imaginé que la misma muerte era de esos conceptos aterradores para las Parcas. Pero… ¿la lluvia?

—¿Qué te puedo decir?

—¿Me estás diciendo que jamás has estado bajo la lluvia por miedo?

—Lo contrario, fue porque estuve bajo ella que ahora le temo. No es una sensación agradable.

—No te creo, me encanta la sensación de las gotas que caen sobre mí.

—Y el peso de la ropa mojada, así como sentir que te rebelas porque es algo poco común.

—¿Cómooooo? La Parca sabe de lo que habla. —Me dio un pequeño golpe en el hombro.

—Fue una designada la que me dijo que era su actividad favorita. Gracias a ella me animé a quitarme el sombrero durante una tormenta. La sensación del agua colada entre los huesos es terrible. No duele, pero incomoda.

—Así que verla no te asusta, sentirla sí. —Se detuvo en un semáforo y la luz roja atravesaba las gotas que caían en el parabrisas y alumbraba nuestros rostros. Giró de nuevo su cabeza para verme—. Algún día tendré que ayudarte a enfrentar ese miedo.

—¿A ti qué te asusta?

—Las arañas.

—¿Los bichos de seis patas?

—Ocho en realidad. Aunque de seguro te imaginas a las pequeñitas. Esas sin problema las soporto, pero detesto ver a las grandes mover con sincronía sus patas peludas. Y luego si las ves de cerca, esos ojos hipnotizantes son asquerosos. Sobre todo que cuando más quieres alejarte de ellas parece que entienden todo lo contrario y empiezan a correr directo a donde estás. —Apretó el acelerador y tensó las manos nada más de describirlas—. En verdad, si no has visto una de cerca no lo entenderías.

En cuanto terminó esa frase ambas gritamos por un trueno que parecía motivar la intensidad de la lluvia. Después del susto nos volvimos a partir de la risa.

—Bueno, acabamos de descubrir algo más que nos asusta —dijo mientras la luz del semáforo cambiaba a verde.

—No sabes lo agradable que es tener alguien con quien hablar. —Entré en confianza para expresar cómo me sentía. Sabía que Rebeca todavía no se acostumbraba a mi figura corporal, pero se esmeraba en esconder sus reacciones y eso lo apreciaba. Me sentía más real en un mundo que no sabe que lo soy—. Estoy acostumbrada a que al platicar con alguien, me tengo que preparar para una despedida. Y contigo no es así.

—Déjame decirte que estamos frente a otro de tus miedos.

—No entiendo.

—Tranquila, es uno bastante común. Sé lo que te digo porque cargo con él desde que tengo memoria. A eso que sientes se le llama miedo a quedarse sola.

—Toda mi existencia ha sido solitaria, ¿por qué me asustaría?

—Sabes querer. No sé si siempre fue así. Ahora lo haces. En cuanto sientes aprecio por alguien es difícil pensar que algún día se irá. No importa si falleció o se alejó, los recuerdos se mantienen y queman.

—¿Has perdido a muchas personas? —pregunté con cautela.

—Solo a mis papás, una tía, una prima y a mis dos abuelas.

—Si no es impertinente, todo este tiempo he visto las reacciones de los familiares de mis designados, pero jamás he tenido la oportunidad de saber a profundidad cómo es que fallezca un ser querido.

—La primera vez es tan doloroso que por unos días sientes que has perdido la cordura. Dudas de lo que sucede a tu alrededor porque por dentro crees que ese ser querido regresará. Papá murió en su trabajo cuando su arnés se rompió. Aun después de que ganamos la demanda tras unos interminables seis meses, todas las noches pensaba que en cualquier momento llegaría a casa, abriría la puerta de mi cuarto y se despediría. En las mañanas veía su silla vacía en el comedor. Lo más doloroso fue ver a mi mamá perder a su mejor amigo. En ese proceso te sientes culpable por todo, hasta de reírte. No te crees merecedor de la felicidad porque perdiste a alguien y debes sufrirlo. Es difícil pensar que algún día todo ese sufrimiento se irá. —Aprovechó que dimos vuelta en una esquina para darse una pausa y continuó—. La segunda vez es todavía más impactante. La tristeza te paraliza por completo y hace que pases cada minuto preguntándote por qué la muerte decidió aparecer dos veces cerca de ti. Y para una niña que ya había perdido a su papá, fue inmensa la soledad que sentí cuando mamá también se fue. La pregunta deja de ser "¿por qué él?" o "¿por qué ella?", y se convierte en un "¿por qué a mí?". Y a partir de la tercera entras en un constante estado de luto. Cada pérdida significa un miedo indescriptible de quedarte sola. A "sobrevivir".

Temí por la quietud que se apoderó del carro los siguientes minutos. No sabía cuánto duraría, ambas teníamos revueltos nuestros pensamientos. Yo estaba indecisa de cómo continuar la conversación y me intrigaban las preguntas e ideas que atravesaban la mente de Rebeca. Por mi cuenta cavilaba sobre cómo los humanos tienden a recordar con mucha frecuencia sus dolores del pasado, aún en vida. Desconocía si era con tal de no olvidar a las personas que quisieron o para recordar que tienen la capacidad de sentir.

—¿Guiaste a alguno de ellos? —rompió el silencio.

—Lo dudo. Aunque por mucho tiempo mis designados fueron de la tercera edad, así que hay una mínima posibilidad de que haya conocido a tus abuelitas. ¿Cómo se llamaban?

—Antonia Lara e Irene Carpio.

—Lo siento, esos nombres no aparecieron nunca en mi libreta. —Agradecí mi excelente memoria.

—Con tantas personas fallecidas al día lo veía imposible; sin embargo, hay algo que me gustaría contarte.

—Tienes toda mi atención.

—Después de conocerte un recuerdo se desató en mi cabeza. Una historia que me contaba mamá cada vez que se lo pedía por el simple hecho de sentirme especial. Son de esas anécdotas que solo ubicas porque alguien más las relataba, y entre más confíes en el narrador, más la crees. —Se estacionó en la cochera de su casa y en vez de bajarse, prefirió acomodarse para continuar la plática—. Mis abuelos no creyeron tener otra hija, menos cuando su hijo más chico ya tenía veintitrés años. Mi Tita Antonia dio a luz a mi mamá a los cuarenta y siete y para el momento en que yo nací, ella tenía los setenta y cuatro recién cumplidos. En su mayoría la recuerdo por las fotos que mi mamá guardó en sus álbumes. Y claro, mi nacimiento significó un nieto más en su repertorio. Aunque mamá siempre dijo que Tita Antonia aprovechaba cualquier momento para estar conmigo en vez de los demás, al fin y al cabo era la primera nieta.

—Sintió una conexión inmediata contigo.

—Justo. Y al parecer yo con ella, porque un día antes de que falleciera, lloré hasta el cansancio sin explicación alguna. Murió de setenta y nueve años dormida en su cama. Para ese entonces todos en la familia sabían que yo era su favorita, así que pudieron darle congruencia a mis berrinches del día anterior. Y aquí viene lo importante, porque desde la primera vez que mamá me contó esto siempre creí que era una fantasía. Algo que una pequeña de tan solo cuatro años y medio se inventaba para no sentirse sola. Apenas te conocí, me di cuenta de que podía ser cierto.

—¿Qué sucedió? —pregunté desesperada.

—Fue durante su funeral. Ese día en el cementerio fue cuando vi a la muerte prestarle su sombrero a mi abuelita para despedirse de mí.

Me quedé atónita.

Capítulo 16

Fui demasiado evidente. Tanto que Rebeca soltó unas risitas.

—Justo por eso le pedía a mamá que contara esa anécdota a quien quiera que se me cruzara. —Dirigió la mirada a sus dedos que jugueteaban entre sí—. Tenía un gran talento para contar historias. La extraño mucho.

—Créeme cuando te digo que heredaste esa habilidad.

—¿Quieres que siga?

Asentí.

—Mamá dijo que después de bajar el cuerpo de Tita a la tierra la familia comenzó a rezar un rosario. Todos lloraban mientras yo jugaba con unas piedras, recogía las hojas que los árboles habían soltado y corría con los brazos levantados a través de los pasillos llenos de lápidas. Papá miraba de reojo para no perderme de vista y se tranquilizó al verme sentada en una piedra al lado de un árbol. Los rezos siguieron por un rato más, hasta que me levanté y caminé para sostener la mano de mamá. Tal vez no recuerdo mucho de ese día, pero sí el dolor en su mirada. Cuando dejé de ver sus ojos me enfoqué en los de los demás, fue fácil porque todos rodeábamos el hoyo que estaba a punto de llenarse. Algunos rostros escondían lo que sentían y otros dejaron ver la mucha falta que les haría Tita Antonia. Ahora que he crecido reconozco esas emociones, pero de pequeña me confundía ver a aquellos que me cuidaban en una posición donde ahora ellos requerían los cuidados. "¿Por qué lloran todos?", le pregunté a mamá que esperó a terminar el padrenuestro para contestarme. Se puso en cuclillas, sujetó mis dos manos y, aun con la aflicción que la ahogaba, logró decirme con ternura "porque tu Tita Antonia murió y la extrañamos". A lo que yo le contesté mientras señalaba el árbol "pero ¿cómo puede estar muerta si ahorita platicó ahí conmigo? Me dijo que estaba bien".

—¿Tu mamá también llegó a ver algo?

—Ambas volteamos a ver a la piedra donde estuve sentada un buen rato y solo vimos algunas de las hojas del árbol caer sobre ella. No me creyó, pero al menos le ayudó a encontrar su sonrisa por unos instantes. Ese mismo día, papá fue a mi cuarto para darme las buenas noches, pero se quedó un rato más de lo habitual. Me pidió contarle cómo fue que vi a mi abuelita durante su funeral. De toda la familia era el menos escéptico, así que puso mucha atención a mi narración. Recuerdo que hizo un chiste sobre cómo él era el que solía contar historias antes de dormir. Le platiqué que mientras corría entre las lápidas me había tropezado y con tal de que no me vieran quejándome fui a sentarme lejos de ellos. Jugaba a que era una pirata. Formaba con las manos, una frente a otra, un telescopio y ahí, detrás del árbol, en un ángulo en el que solo yo podía ver, apareció una figura muy alta con un traje demasiado formal. No estaba por completo de espaldas a mí, por lo que alcancé a ver que en su mano cargaba un sombrero negro. Creí que era un familiar más, aunque al darse la vuelta noté su rostro huesudo. En ese momento no supe describírselo a papá, pero no era como la representación tétrica que aparecía en las caricaturas o películas. Me asusté al principio; sin embargo, tenía una sonrisa amigable y una mirada que te hacía sentir comprendida. Preguntó cómo estaba. Le mostré el raspón en mi rodilla. Se hincó y me dijo que Tita Antonia quería decirme algo.

Rebeca contaba su anécdota con un cariño inmensurable. Era evidente que, aunque por mucho tiempo había creído que el suceso era falso, en su interior guardaba un lugar especial. Cada sílaba que salía de su boca dentro de su coche, por fin reflejaban lo ciertas que fueron las palabras de su madre mientras la tomaba de la mano en el cementerio. Entendí la razón de querer seguir con la conversación. Yo necesitaba a alguien que me escuchara y ella saber de mi existencia para confirmar que si aun después de la muerte su Tita Antonia quería hablar con ella, la soledad que tanto temía estaba más lejos de lo que creía.

—Quedé perpleja, así que no esperó más y levantó el brazo que cargaba el sombrero. Cuando lo soltó no cayó al suelo, sino sobre la cabeza de mi Tita que sonreía como nunca antes. Aun con las arrugas por todo su cuerpo, parecía llena de energía. Levantó los brazos y los movió como un avión. Hice lo mismo y reímos. Papá me preguntó qué fue lo que me dijo, pero hasta el día de hoy no lo recuerdo. Esa memoria se torna borrosa en cuanto llego a ese punto. Tampoco sé cómo o por qué lo primero que hice después de hablar con ella, fue correr a sujetar la mano de mamá. Quisiera tener más presente ese momento, pero eso es lo más que recuerdo. Además de la cara de papá todo asustado al escuchar la anécdota por primera vez. No podía creer que hablaba con gente muerta. —Rio y bajó la mirada para juguetear con sus dedos.

—Desde que aprendí sobre las emociones humanas, he tratado de hacer mi guía más empática y amable. Comprender al ser vivo que ha dejado de serlo. Y aunque estaba segura de que no era la única Parca que en algún punto reflexionó sobre lo crueles que hemos sido al seguir las reglas que nos impusieron, prestar mi sombrero era algo que jamás imaginé posible. Es fabuloso. —Lo sostuve entre mis manos—. Reconozco que es un riesgo gigantesco. Si esa Parca hubiera sido vista se habría metido en un gran problema.

—Antes de conocerte pensaba que al morir todo sería más agradable. Al fin que muchos de nosotros sufrimos tanto en vida que nos olvidamos que solo tenemos una. Así que esperaba que la muerte trajera un descanso de ese dolor que arrastramos todo el tiempo. Que me digas que son pocas las Parcas amistosas me hace perder la esperanza de que cuando llegue mi hora no sea en tu libreta donde aparezca mi nombre.

—No pienses así. Te digo que no creo ser la única Parca en busca de un cambio, y por lo que me acabas de contar, confirmo que mis métodos pueden no ser los mejores para darle una pacífica transición a mis designados. En serio me sorprende la idea del sombrero, aunque sería demasiado cobarde para usarla.

—Creo que todos tenemos nuestra propia forma de hacer el bien. —Sonrió amistosa y extendió su mano hacia mí. La sostuve y eso logró que me sintiera especial—. Más allá del método, es importante tratar de ayudar. Y con eso ya cumples.

—Gracias por eso. No sabía que necesitaba escucharlo.

—Que eso me lleva a otra pregunta, si todavía tienes tiempo para una última.

Saqué mi libreta. Antes de abrirla imaginé la página donde debería estar el siguiente nombre. Deseé con cada hueso que todavía no estuviera escrito.

—Adelante. Pregunta lo que quieras.

—Recuerdo la amabilidad de esa Parca que me otorgó una despedida con mi Tita Antonia. Y aunque por mucho tiempo fue una fantasía que habitaba en mi cabeza, siempre he sentido esta necesidad de darle las gracias a través de buenas acciones con otras personas. Al fin que dudo algún día encontrarla de nuevo. Ya no me quedan muchos seres queridos que perder. —Su voz salió calmada al decir eso. Pensé en cómo los designados casi nunca están listos para su muerte, mientras sus familiares podrían ya estar acostumbrados a perder a la gente que quieren. Aún perdida en mis pensamientos logré escuchar lo que decía—. Sé que no siempre he actuado de la mejor forma, pero al igual que tú, lo intento. Y como esa es mi historia de origen en el camino de la amabilidad y empatía, me encantaría saber qué lleva a una Parca a hacer lo mismo. Por favor, dime si cruzo alguna línea que no debería cruzar. No quiero que esa sea la razón por la cual mi nombre sea escrito antes.

Reí con ella.

—No te preocupes. Como te habrás dado cuenta, me encanta escuchar a los demás tanto como disfruto hablar de mí. Por doscientos años mis palabras han llegado de manera exclusiva a oídos de mis designados y en su mayoría, con justa razón, no preguntan por mí.

—Te debes sentir muy sola.

—Es parte de nuestra labor. —Tras ese murmuro, analicé la mejor forma de iniciar mi relato. Aclaré la garganta que en ningún punto de mi vida he tenido que aclarar y comencé—. La piedra cayó a la altura de mis costillas, y eso bastó para dejar de creer en la muerte aun cuando soy una de las encargadas de llevarla a cabo.

Perdí la noción del tiempo mientras conversamos de algunos de mis designados, de mis primeros intentos por ayudarlos y las emociones al recibir mensajes que no entregaría. Lloró con la historia de Roberto, se conmovió con la de Rosa y se entristeció con la de Nati. Le presté mi libreta después de que preguntara por el mensaje que le envié a mis superiores. Me entró un intenso miedo por contar más de lo que debería. Las interacciones con humanos las teníamos prohibidas y ahí estaba, en la cochera de Rebeca, en una incesante plática a medianoche sobre los nombres que me habían llevado hasta ahí. Solo sentía que Rebeca merecía de regreso la misma confianza que puso en mí al yo ser la primera en escuchar lo que experimentó cuando era pequeña. Eso sí, por tomar en cuenta mis temores y porque era todavía una herida que no cicatrizaba, evité contar la historia de Lalo. Un error del cual jamás podría perdonarme.

—¿Por qué al final dice "Atentamente, Par"? —preguntó y señaló la libreta con el mensaje que le había escrito a mis superiores.

—Fue una distracción —contesté divertida—. Estaba tan nerviosa de contactarme con ellos que no terminé de escribir la palabra.

—Entonces sí tienes nombre, Par. —Sonrió traviesa—. Qué guardadito te lo tenías.

—Llegó un extraño pensamiento a mi cabeza, pero tengo que externarlo. Ahora que me llamaste así, me sentí como una mascota que llega a un hogar y es nombrada por primera vez. No pienses que no me gusta el nombre, solo fue raro tenerlo.

—Te aseguro, Par. No eres ninguna mascota. Y de hecho está muy bonito. Si estuviéramos en plena partida de póquer y dijera que tengo un *par*, sería algo excelente.

—¿Sueles jugar mucho eso?

—No tengo la menor idea de cómo jugarlo, pero sí recuerdo a mi tío con ánimos de celebrar porque había ganado un dineral gracias a un par de ases.

—Me quedo con eso entonces.

Se hizo otro silencio. Ya me había percatado de ese gesto de duda recurrente que tenía Rebeca antes de externar un nuevo pensamiento. Como si quisiera convencerse de que su interlocutor estuviera dispuesto a escuchar. Entendía el hábito. Menospreciada tantas veces, ¿por qué no se cuestionaría cada vez si su voz sería bien recibida?

—Es curioso que en el mundo humano es fácil encontrar a gente que ignora lo que sucede a su alrededor. —Seguíamos detenidos en la cochera y aun así empezó a acomodar el espejo retrovisor—. Y también hay muchos que tienen la necesidad de asistir a los demás. Hayan estado en una posición de requerir ayuda o no. No importa si saben que no pueden hacer algo, se aseguran de ser un hombro en el cual uno se sienta cómodo, de ser un oído que no juzga.

—Es grato saber que hay humanos así.

—Y es todavía más lindo que así también sea con ustedes. Que haya Parcas que busquen ser empáticas. Que entiendan y dejen ser. —De nuevo sostuvo mi mano—. Tengo tanto que aprender de ti, Par.

Sus palabras me conmovieron. No logré articular ni una oración al instante, puesto que las miles de frases que empezaba a formular no expresaban lo mucho que sentía. Dejamos que la noche acabara en una promesa de seguir prestando nuestros hombros y oídos.

Después de despedirnos, advertí lo extraño que era volver a tener el sombrero puesto. Por primera vez lo sentí como una parte externa a mí. Con mucho por reflexionar caminé sin detenerme por un buen rato hasta que el remolino de palabras saturó mi cerebro y tuve que sentarme en una banca a descansar. Miré con nostalgia a la luna tan poco vista por los humanos. Solitaria, oculta entre rascacielos, colando su luz reflejada para todos.

Varios nombres fueron escritos en mi libreta antes de que surgiera la oportunidad de visitar a Rebeca. Cuatro designados, cuatro cartas punzantes. De nuevo me sentía cansada y agobiada. Renació en mi interior la sensación de soledad y frustración. Mis cartas aportaban una mínima pizca de alivio, pero no bastaban para hacer sentir mejor a aquellos que perdían sus sueños. Entendí lo que decía Rebeca sobre experimentar la muerte una y otra vez. Mientras más cercanía lograba con mis designados, más extraviada me sentía. No me quedaban palabras de consolación, no tenía ánimo para continuar o empezar una conversación. La empatía escaseaba. Hasta Sandra, que perdió la oportunidad de conocer a su recién nacido debido a la incompetencia del anestesista que le puso una dosis mayor, me preguntó cómo estaba. En las noches, las horas en las que mi designado descansaba, solo pensaba en lo mucho que quería que los nombres en la libreta dejaran de aparecer. Convertirme en humana y dormir hasta el amanecer.

Después de guiar a Julián, regresé con calma a la ciudad de Rebeca. Observaba las carreteras solitarias, el inicio de la urbanización y el incesante sonido de las vialidades principales.

Buscaba con frecuencia ese hombro. Los nombres que me separaban de reunirme con ella me llenaban de impaciencia. La botella fue otra vez mi forma de mostrar que ahí estaba y fue música para mis oídos escucharla pronunciar mi nombre. De inmediato mis emociones se transformaban a una sensación de dicha y alegría. Su coche era mi lugar seguro, no solo gracias a que ahí no era vista por nadie, sino porque el espacio tan pequeño daba paso a una conversación grande. Rebeca habló de más entrevistas de trabajo y lo desgastantes que eran. Y en cuanto llegó el momento de contarle mi sentir, mi cabeza se puso en blanco. Un nuevo miedo entró: ¿por qué quien ya tiene suficiente con lo que lidiar, querría cargar con las emociones de alguien más?

Como si hubiera leído mi mente, Rebeca no tardó en preguntar por mi último designado. Y eso bastó para que los filtros que había construido alrededor de los humanos desaparecieran. Solté toda mi frustración sin considerar sus sentimientos. Hablé de Julián, Susana, Irene y Ana. Le describí sus muertes, el dolor de sus familiares y la culpa que me embargaba aun cuando yo no era quien escribía sus nombres en mi libreta. La pena que sentía por arrebatarles sus planes a futuro, por el luto que causaba a su alrededor y por pensar que con una carta les quitaría esa pesadumbre. Y aun después de todo el vómito verbal que aventé en su dirección, Rebeca entendió mi dolor. Sujetó mi mano y lloró junto conmigo.

—¿Crees que pueda leer algunas de esas cartas?

—Es un peso que no me gustaría que cargaras. En su mayoría son como mi pequeño monólogo de hace un momento: quejas, frustraciones e impotencia. Dañan en demasía a quien las lee, más cuando llegas a la conclusión de que no hay forma de ayudar.

—¿Vas a entregarlas algún día?

—Eso es lo peor. No podría arriesgarme a interactuar con más humanos.

—¿Entonces cuál es la razón de cargarlas? —Nos rodeó un silencio abrumador. Pensé en qué contestarle, pero otra vez estaba en blanco—. Espero que sepas que dejar a esas personas detrás no significa que tus acciones hacia ellos cambiarán. Lo que hiciste no se puede borrar. Además de que, por lo que me has contado, tienes una memoria bastante buena, y si las emociones que te dejaron siguen tan vívidas dudo que se vayan pronto.

—En verdad que no comprendo cómo le haces para no sentirte derrotada cada segundo del día.

—No te atrevas a decir eso —dijo molesta—. Si no sabes cómo me siento no puedes hacer esas suposiciones. ¿Acaso me ves cuando el recuerdo de Melisa me distrae en clases?, ¿cuando abrazo el portarretratos de mis papás en las noches de insomnio? Todos los días sufro su pérdida porque el luto jamás se va, solo se mueve. Y sé que te falta mucho por aprender de los humanos, pero hasta eso, yo creería que de tanto tiempo que los has seguido, sabrías un poquito más.

—Perdóname. No fue mi intención ofenderte.

—No es que me ofendas, Par. Entiendo que estás en una posición distinta a la mía, pero las emociones son las mismas. Y a veces necesitamos escuchar lo que no queremos, así que deja te explico algo. —Su mirada me intimidó. Tenía razón. No estaba segura de querer escuchar lo que iba a decir—. Los fallecidos nunca se van. De nada sirve aferrarse al suéter que usaba y que se puede perder, al peluche que te regaló y que se rasgará de tantas lavadas o al perfume que evoca su aroma y se va a acabar. Llorarás cuando el último objeto que te hacía sentir su presencia ya no esté para ti. Y luego la sentirás en los recuerdos.

—¿Crees que con eso basta? —pregunté desesperada.

—No, nada nunca es suficiente. Todavía hace unos meses regresó a mí la misma sensación de pérdida al llegar el día de las madres. Ver que todos compraban flores, regalaban chocolates o tenían el privilegio de dar un abrazo hizo que no quisiera ni salir de casa. No importa que mamá lleve más de diez años muerta. Hablar de ella revive esas emociones. Me hace pensar en las semanas siguientes cuando tuve que recoger su cuarto. Lo pesado que fue donar toda su ropa. Imaginar que un día discutía con ella por una estupidez y el domingo siguiente, a las siete de la mañana, estaba quitándole la tierra a su lápida con unas inmensas ganas de abrazarla. Sientes que tu mundo cambia. Entras a una nueva realidad en la que no te crees capaz de vivir si ya no está esa persona. Piensas que saldrás a la calle y todos llorarán junto contigo. No es así. El sol brilla, la gente ríe y sigue sus vidas. Y sí, creer que eres el único de luto es terrible. Mientras tú lloras por tu madre muerta, alguien más celebra que consiguió trabajo o que sacó un diez en matemáticas. Y luego muchos te tratan distinto. Las pláticas se tornan evasivas por miedo a herirte, pero la realidad es que las necesitas. Son esa excusa para externar lo que sientes. Te enojas con todos.

La abracé. Vi algunas de sus lágrimas humedecer mi traje y el temblor de su cuerpo me hizo apretarla más fuerte.

—Estoy aquí contigo. No estás sola.

—Perdón. No era mi intención hacerte llorar. —Sacó un pañuelo para ella y también me ofreció uno.

—No te preocupes. Siendo sincera, lo necesitaba.

—Como te decía, la tristeza nunca se va. Aunque he llegado a la conclusión de que eso no es algo negativo. Esa aflicción que siento al pensar en ella o en papá, son un regalo. Significa que alguien me amó lo suficiente para que su ausencia duela. Y ese amor que me dieron permanece en las frases de mamá que ahora yo utilizo. También cuando escucho algunas de las bromas que papá decía o en el coche al cantar las canciones que ponían cuando viajábamos. Pero haber perdido a Melisa es como empezar desde cero. No duermo por reprocharme lo tarde que llegué a ese callejón. Si me preguntaras cómo definiría la muerte para los humanos, no sabría qué responderte. Pero sí estoy consciente de que nosotros morimos más de una vez mientras vivimos.

—¿Te gustaría escribirles una carta? —Su reacción fue una pequeña risa—. Hablo en serio. Tal vez lo que dices es cierto y el duelo nunca se va, pero he visto que mandarles un mensaje lo hace navegable.

—¿Cuál es el punto si jamás será entregada?

—He pensado que alguno de mis próximos designados podría hacerlo. Claro, sería sensible a la hora de escoger. Tendría que ser alguien que no esté alterado. No quiero ser imprudente.

—Eres la persona menos adecuada para decir eso. —Rio mientras se secaba las lágrimas—. Está bien, pero con una pequeña condición.

—Te escucho.

—Necesitas deshacerte de todas esas cartas.

Llevé la mano a mi bolsillo como si las tratara de proteger. Guardarlas me causaba daño, solo creía que deshacerme de ellas sería uno mayor.

—Ninguno de ellos se irá —insistió—. Siempre te acompañarán porque gracias a su partida te has convertido en quien eres. Están en cada gramo de empatía que desarrollaste, en las palabras de consolación que entregaste y en los aprendizajes que te han hecho más precavida. Ven, sal del coche.

Ambos salimos, prendió la luz de la cochera y con su mano me indicó que sacara las cartas. Las esparcimos por todo el espacio vacío. Movimos algunas cajas para que cupiera cada una de ellas. Hizo un comentario sobre lo grande que era mi bolsillo y se aseguró de que no ocultara ninguna carta.

—En cuanto sientas que no has hecho lo suficiente —dijo y señaló el suelo cubierto de papel—, recuerda esta imagen. Es inevitable pensar que podemos hacer más, pero es indispensable reconocer aquello logrado. ¿Tienes papel y pluma?

Se metió de nuevo al coche para escribir, dejando la decisión sobre las cartas en mis manos. Una por una, las recogí y leí en voz alta el nombre escrito en su exterior. Tardé, bastante, y al levantar la última vi a Rebeca sonriéndome desde la ventana del coche.

—¿Se te ocurre alguna forma de hacerlo? —pregunté.

—No te escuché. —La ventana tardó unos segundos en abrirse por completo.

—No tengo la menor idea de cómo deshacerme de ellas. —Levanté el papel.

Capítulo 17

Ya solo cargaba con tres cartas en mi bolsillo. Sentía mi caminar más derecho y ligero. Iba con la frente en alto, sin encorvarme tanto. Si en ese momento me hubieran preguntado lo mejor de deshacerme de las cartas, habría dicho que la apertura en mi costilla. Esa grieta astillada por el tiempo se hizo más pequeña. Jamás cerraría por completo; y lo comprendía ahora: no era malo. El dolor es el proceso natural para sanar.

Tomó un poco más de tiempo del que esperaba alcanzar al siguiente designado. Recuerdo haber llegado a la puerta de su casa en el preciso instante en el que un adolescente salía de ella, con su uniforme de taekwondo y las llaves del coche en la mano que presionaban insistentes el botón que le quitaba los seguros a la puerta. Se subió al asiento del copiloto. Supuse que el conductor tardaría unos minutos más en alcanzarlo. Me subí al coche a esperarlo también. Observé al chico estirar el cuello del *dobok* para dejar entrar un poco el aire. Respiraba agitado y palpaba el bolsillo lateral de su mochila con nervios. Su desesperación contagiosa solo nos abandonó cuando por la puerta principal de la casa se asomó su padre, con una camisa blanca y un suéter morado encima, para preguntarle si ya llevaba la cinta. Su hijo levantó la mochila arqueando las cejas mientras asentía y le daba un golpe al bolsillo lateral de nuevo. La puerta volvió a cerrarse y unos segundos después se abrió de nuevo. La caminata del padre era lenta, pero en cuanto entró al vehículo se respiró tranquilidad.

—¿Listo para el combate? —preguntó mientras encendía el motor—. Escuché que lucharás contra alguien con una cinta más avanzada.

—Ricardo. Aunque sea morada siempre ha peleado como si no tuviera una. Será pan comido. —Su pierna iba de arriba para abajo.

—Hablando de pan. No sé tú, pero se me antoja un hot dog. ¿Quieres ir al cine después de la prueba?

—Mejor venimos directo a casa. Me da pena que todo el mundo me vea con esto puesto.

—Ernesto, no cualquiera es cinta morada. En cuanto la consigas deberás portarla con orgullo —bromeó y señaló la mochila que estaba junto a mí en el asiento de atrás—. Además aquí traigo un cambio de ropa.

—*Ernesto...* ¿entonces un hot dog? —contestó el pequeño.

El padre, claramente amoroso, tenía una forma peculiar de alentar al niño, añadiendo el nombre que compartían en tono de sermón antes de dirigirse a él. El hijo, como cualquier adolescente, se burlaba un poco imitándolo y el padre reía.

—O lo que se te antoje.

Durante el trayecto traté de enfocarme en su plática en vez de la razón por la cual estaba ahí. Es extraño tener un nombre en la libreta. Hay una tristeza anticipada por la incertidumbre de cuáles planes le dará tiempo de cumplir. Y con cada minuto la imaginación se vuelve más fatídica. Cuando se despiden de alguien dudas si volverán a saludarse. Ernesto padre y Ernesto hijo iniciaron el día juntos y, contra todas mis expectativas, así lo terminaron. Cinta en mano, película vista, y un hot dog con pan fresco, inusual para ese horario en el cine.

De camino a casa, padre e hijo observaban los faroles pasar veloces al costado del carril. La noche era fresca y apacible, Cat Stevens sonaba desde la única *playlist* del padre de la que el hijo no se quejaba. El impacto transformó el vacío repentino en un tinnitus sofocado.

De los tres, el único que murió fue el conductor del taxi que se había descarrilado. Me acordé del accidente de la familia de Nati y estaba a la espera de ver a otra Parca cerca. Observé su traje y sombrero a un lado del taxi. Me acerqué al coche de mi designado y vi a Ernesto inconsciente con algunas manchas de sangre en su rostro. El otro hacía hasta lo imposible por estirar su brazo hacia él. Otros coches se detuvieron y se bajaron para asistir. Escuché a una mujer llamar a la ambulancia y a unos señores que trataban de encontrar la forma de sacar a las personas debajo de los vehículos. Me aparté de la escena hasta asegurarme de que el alma de Ernesto se separara de su cuerpo.

—¡¿Por qué hiciste eso?! —Veía de espaldas a la Parca y al taxista gritarle—. ¿Quién carajos eres tú?

Pensé en quedarme donde estaba, pero la curiosidad me ganó. Caminé para terminar de escuchar la discusión y así conocer los métodos de otras Parcas. La conocía. Mantuve una distancia prudente.

—¡Esto lo provocaste tú! —gritaba el taxista entre las lágrimas de frustración—. Yo no moví el volante. ¿Por qué lo hiciste?

—Cállate. De todos modos ya tenías el tiempo contado, cabrón.

—No, yo iba manejando bien. No merezco morir ahora.

—Eres un insolente. —Lo empujó y el taxista cayó al suelo. Las luces rojas y azules que venían a lo lejos iluminaban su rostro. Se arrodilló y se acercó lo más posible. El miedo en los ojos del taxista parecían hacerlo querer morirse de nuevo.

—Bien sabes que mereces algo peor que la muerte. —Hasta yo me vi intimidada por su voz grave e imponente—. No eres digno ni de una pizca de compasión.

—¿Qué diablos crees que haces? —intervine enojada por esas últimas palabras—. Nosotras no juzgamos a los humanos. Limítate a guiarlo.

—Mira, hermanita, no tienes una pinche idea de lo que hablas. Es mejor que cierres el maldito hocico si no quieres meterte en problemas.

—¿Quién crees que eres? —Apreté mis puños. Resistí el impulso de golpearlo.

—Sigue y sabrás quién puedo ser —me contestó y regresó la mirada al taxista que seguía pávido—. Levántate antes de que te obligue a hacerlo.

—¿Cuántas? —gritaba mientras lo veía sujetar al pobre hombre de su camisa y lo arrastraba hasta un árbol—. No puedes hacer lo que quieras con los designados. ¿Cuántas muertes has adelantado?

—Yo hago lo que se me antoje y más con personas como este imbécil. —El umbral se abrió y su extenuante luz convirtió en silueta a ambos personajes.

—Tú mismo me lo dijiste hace doscientos años. Nosotras no somos nadie para juzgar las acciones de los humanos.

—Él fue quien mató a Melisa —respondió mi mentor.

Los tres callamos y después de unos segundos el taxista empezó a llorar más fuerte.

—No era mi intención. —Sus piernas flaquearon y cayó al suelo para de inmediato ser levantado a jalones por mi mentor—. No quería que sucediera así.

—A ver, di algo. —Empujó al taxista que cruzó el umbral entre disculpas—. Te escucho. ¿Acaso merece empatía?, ¿un par de palabritas que lo hagan sentir bien? Se aprendió su rutina. La siguió por días y en cuanto encontró la oportunidad la quiso secuestrar, pero hasta para eso era un pendejo porque en vez de dejarla inconsciente, la mató. Y en la comodidad de su casa, al darse cuenta de que no despertaba, entró en pánico y la abandonó en el frigorífico de un conocido que lo encubrió. Al día siguiente volvió a su vida como si nada. ¿Aún crees que no deberíamos de juzgar?

No tenía la menor idea de qué contestar. Me carcomía la ira hacia ese taxista. Él seguía en su papel de víctima mientras lloraba en el suelo. Recordé ese día en el callejón donde Melisa escribió con impotencia su carta. Padecí lo mismo que ella, pero no quería que mi mentor me viera llorar. Aun con su explicación seguía enfurecido con él. Mis puños se mantuvieron apretados. La vista se me nubló.

—Sigue sin correspondernos juzgarlo —contesté sin creer por completo lo que decía—. Los superiores son los que deciden. Ellos saben por qué sus nombres son escritos.

—Les importa un carajo. Además, hablas tanto de no juzgar como si tú no lo hicieras con cada uno de tus designados.

—Jamás haría algo así.

—¿Acaso no los juzgas de buenas personas que merecen empatía?, ¿quién chingados te crees para tratarlos bien o mal después de morir? —Con pasos cortos llegó hasta donde yo estaba.

—Es lo correcto. Merecen un poco de misericordia.

—¿Él también? —señaló al árbol.

—No sé. —Bajé la mirada y liberé la tensión de mis manos.

—Ya te dije. Si no sabes de lo que hablas, mejor quédate callada. Ve y regresa a hacer tus cartitas para que puedas sentirte bien contigo misma. Yo ya perdí el interés en decirte cómo hacer las cosas.

Se fue sin esperar respuesta. Su convicción era tal que nunca volteó la mirada. No me dio tiempo de procesar la información porque regresé a buscar el alma de Ernesto que todavía no hacía acto de presencia. Su cuerpo estaba en una camilla en dirección a la ambulancia. Tanto su papá como yo nos subimos a ella y partimos al hospital. A mitad de camino falleció. No me sentí con la usual paciencia para tranquilizar sus gritos de pánico. Vi el reflejo de mi rostro en la ventana que separaba al conductor de los paramédicos que trataban de revivirlo. Resignación y tristeza. Furia e impotencia. Las palabras de mi mentor resonaban tanto dentro de mí que por fin me derrumbé. En la bahía del hospital bajé junto con Ernesto y con pocas palabras lo conduje al umbral. Lo cruzó confundido y adolorido. Con esas exactas emociones lloré bajo la luz nocturna, sentada en las raíces de ese mismo árbol.

Hace décadas conocí a un maestro de primaria llamado Eloy. Le encantaba leer y promover que sus estudiantes también lo hicieran. A mitad del año escolar falleció después de una larga lucha contra las complicaciones de la diabetes. Dejó miles de pendientes, pero aun así sonrió al verme. En ese entonces todavía no desarrollaba emociones, así que no solía interactuar tanto con mis designados salvo que ellos lo provocaran. Y Eloy me preguntó si conocía el mito de la piedra de Sísifo.

—No he escuchado sobre él.

—Engañó a la muerte en dos ocasiones. En una de ellas logró encadenarla y así evitó que los humanos murieran durante ese lapso.

—Aunque lo intentes no conseguirás nada.

—No te preocupes, mi intención no es amordazarte. Quiero explicarte que el castigo que Zeus le impuso por sus engaños fue subir una roca hasta la cima de una montaña solo para verla caer, una y otra vez, sin nunca lograr completar la tarea.

—Imagino que fue así con tal de que los humanos entendieran que no pueden cambiar el orden de las cosas.

—Sí, pero aunque es una historia ficticia hemos aprendido mucho sobre ella. Por ejemplo, nosotros vivimos en una constante metáfora donde subimos esa empinada colina. Cargamos la roca que simboliza nuestras dificultades. La tristeza, la frustración o el cansancio, en diversas ocasiones, parecen ser insuperables. Y claro, en algunos tramos durante la subida encontramos una ligera esperanza. Una pequeña ilusión de que podemos salir adelante. Creemos que llegar hasta la cima y descansar es algo posible. Sin embargo, alguna situación externa nos regresa a la realidad y vemos cómo el peso de la roca nos lleva para atrás. Sin darnos cuenta estamos de vuelta a pie de la montaña.

—¿No se vuelve un esfuerzo inútil volverlo a intentar? —pregunté intrigada.

—Ahí está la cuestión. Hay un libro que habla sobre cómo seguir esforzándote es un acto de rebeldía. Así demuestras que es posible encontrar la fuerza necesaria para continuar empujando. Y si algo he aprendido en todos estos años de docencia es que lo más complicado no es tanto la lucha misma contra la roca que cargas, sino la forma en que decides vivir esa batalla. Al entender que esa tristeza, frustración y cansancio eran parte de la experiencia humana, redefiní la relación que tenía con esos momentos. El ciclo se repetirá. Con el tiempo esas emociones vuelven, pero en el camino viviste gracias a ellas. Estar frente a ti me hace pensar en la roca que cargué toda mi existencia. Mis intentos por mejorar, por convertirme en alguien de provecho y también mis incesantes deseos de cambiar la vida de mis alumnos. Creo que jamás estuve tan cerca de llegar a la cima de la montaña como en estos últimos años. Y es irónico pensar que fue en ese preciso momento en el que te veo llevarme de nuevo hasta atrás. Aunque jamás me había sentido tan fuerte para empezar otra vez a empujar esa roca que con el paso de los años parece crecer sin parar.

—Morir simboliza haber llegado a la cima, ¿no es así?

—Para mí no existe la cima de la montaña, así que dime, ¿qué sigue?

Ese día que lloraba bajo el árbol recordé esa conversación que tuve con él.

Caminé hacia casa de Rebeca. Reflexionaba sobre mi propia perspectiva del castigo impuesto a Sísifo. En mi costado, la grieta ya casi cerrada en mi costilla volvía a abrirse. Desde que inicié mi proyecto de mejorar como Parca he notado ese ánimo por mantenerme en la lucha. Hasta ese momento, no había pensado en lo difícil que llegaría a ser. Era consciente de que daba muchos pasos para atrás, pero seguía motivada en dar algunos hacia adelante. Regresaba a la base de la montaña y de nuevo estaba cerca de la cima inspirada en que la humanidad así sobrelleva su vida. Me diferenciaba una sola cosa: no era un ser vivo con los días contados. La eternidad con la piedra a mis hombros se hace más desoladora. Imaginarme la ruta que camino es la representación de un propósito inútil que me arrebataba las fuerzas. ¿Por qué seguir intentándolo?, ¿por qué ayudar a los demás sin poder ayudarme a mí misma?

Necesitaba tanto las palabras de Rebeca para darle sentido al remolino que se formaba dentro de mi cabeza. Sabía que ella no merecía abrumarse con los detalles de las ideas que me atormentaban, pero su presencia antes me había calmado y me urgía que volviera a hacerlo.

Pasaron varias horas y por fin desde lejos divisé su coche. Había esperado tanto su llegada a casa. La cochera se abría y entonces, a través del parabrisas, las lágrimas en su rostro me inundaron con una angustia difícil de describir. Una vez adentro apagó el motor y se quedó inmóvil. Se ahogaba en ese sentimiento tan tergiversado que puede ser la tristeza. Indecisa todavía en si debía acercarme o no, me quité el sombrero junto a la ventana del conductor y di unos ligeros golpes contra el vidrio. Mi corazón dio un vuelco con su grito de espanto. Ya me había acostumbrado a que mis designados me dieran la bienvenida de esa forma, pero se sintió distinto con ella que no solía verme con esa mirada llena de miedo. Recuperó el aplomo y me invitó dentro.

—¿Estás bien?

—No, Par. —Con cada palabra brotaba una nueva lágrima—. Nada está bien. Me siento muy sola.

—Aquí estoy contigo, Rebe.

—Vengo de la casa de Melisa.

Mi cuerpo se paralizó. Era un tema delicado para mí en ese momento, pero no tenía la menor duda de que era más difícil para ella.

—Su papá habló para decirme que recibió una llamada hoy por la mañana. Le pidieron que fuera a identificar el cuerpo de Melisa. —Su voz apenas era perceptible de lo mucho que se le complicaba hablar—. Y dijo que sí era ella, Par. Meli murió y no estuve para ella. Se la robaron y nadie hizo nada.

Sin pensarlo un segundo me tragué todo el dolor que me traía la pérdida de Melisa. La angustia del despropósito que era mi existencia pasó a segundo plano y abracé a Rebeca. Dejé que su tristeza se diluyera entre sollozos en mis brazos. Estaba dispuesta a olvidar todo de mí, para que sobreviviera todo de ella. Al principio creí que tenía que silenciar mis emociones con tal de dar paso a las suyas, pero después noté que verme vulnerable, le daba la confianza de también serlo. Así que ambas lloramos y dejamos que la roca, sin prisa alguna, regresara hasta el pie de la montaña.

—Me da miedo morir, Par. Es terrible pensar que todas ustedes están a la vuelta de la esquina. Y más al saber que son pocas las Parcas que se dan la oportunidad de ser empáticas. —En mi mente se formó la silueta de mi mentor—. De pequeña, cuando solía creer en un Dios bueno y misericordioso, todas las noches antes de dormir rezaba sin parar. Le pedía que ninguno de mis familiares muriera a causa de la violencia, sino de la vejez. Al principio el rezo era ambiguo, pero el miedo crecía con cada noticia que leía, a tal nivel que pasaba muchísimo tiempo entre oración y oración por la seguridad de mis primos, tíos, abuelos, amigos y conocidos. Ya no puedo perder a más gente que quiero.

—Quisiera decirte que hay una forma de detener a la muerte, pero si existiese, hasta yo la desconozco. Eso sí, te aseguro que a ti no te sucederá nada mientras yo esté a tu lado.

Gran mentira. Con mi mentor adelantando muertes y con la incertidumbre de que su nombre o el de otro de sus seres queridos aparecieran en la libreta de otra Parca jamás podría asegurarlo. Pero creí que eso le daría un poco de tranquilidad.

—Gracias, Par. Quisiera que eso me tranquilizara, pero pienso en todas las que necesitamos a una Parca de nuestro lado para sentirnos más seguras. Y eso no quita lo que te dije, son pocas las que, como tú, se preocupan por darnos una muerte digna.

—De eso quiero creer que sí puedo hacer algo.

—Sabes… —me dijo en voz baja—, al menos su tumba no estará vacía.

Capítulo 18

—Fuimos nosotros quienes te lanzamos esa piedra —escribieron mis superiores sin responder la petición que les hice en la libreta.

—¿Por qué?, ¿y eso que tiene que ver con mi solicitud de implementar mi método con todas las Parcas? —La verdad es que me asustaba formalizar el sistema de las cartas porque aún dudaba de su eficacia.

—Hace incontables siglos, impulsados por la indiferencia y el aburrimiento, arrojamos la primera piedra a una Parca que aguardaba paciente el nombre de su siguiente designado. Fue cuando aún dedicábamos nuestro tiempo a observar su labor. Aquella que recibió el impacto no tardó en expresar su dolor con quejas y lágrimas. Nos sorprendió ver ese comportamiento que jamás habíamos presenciado en una Parca. Siempre creímos que ustedes, nuestra creación, eran entes perfectos. Sin embargo, descubrimos que esa pequeña grieta las distanciaba de los ideales que les asignamos. Fue divertido en un principio. Admiramos cómo lo que habíamos creado comenzaba a desarrollar conciencia propia. A partir de ahí, lanzamos más piedras para analizar lo que sucedería con otras Parcas. Fueron tiempos llenos de intriga y curiosidad al descubrir las distintas reacciones que cada una tenía con sus designados.

—¿Satisfizo su aburrimiento?

—Dejó de servir al advertir que todas las grietas, además de otorgarles emociones, las conducían a apartarse de las instrucciones que durante milenios nos han servido para guiar a las almas de todo el mundo. Te revelamos esto con tal de que entiendas que no eres la única Parca que busca brindar consuelo a los fallecidos.

—De eso estoy consciente.

—Y al igual que tú, todas han fracasado en hallar la solución perfecta. Es cierto, los humanos nos provocaron lástima con el tiempo, por lo que arrojar piedra tras piedra se volvió un hábito con la esperanza de que alguna de ustedes diera con la respuesta al dilema de una transición armoniosa para cada individuo. Ninguna ha logrado hacer que las almas crucen el umbral sin culpa, sin sufrimiento y sin carga alguna. Todavía no hay manera de que encuentren la felicidad después de la muerte.

—Parece una broma de mal gusto. —Empecé a exasperarme porque aquellos que tenían la capacidad para cambiar las cosas, desconocían el propio sistema que crearon—. Es imposible lograr eso con todo ser humano que muere. Cada persona es un universo particular que reacciona diferente a las circunstancias que se le aplican. Si ustedes mismos admiten que les impresionó el hecho de que las Parcas actuaban distinto después de conectar con sus emociones, ¿cómo no comprenden que los humanos son aún más complejos?

—¿Crees que no lo sabemos? —Sus palabras empezaban a tardar más tiempo en escribirse—. Te repetimos. Esa es la razón de arrojar más piedras. Albergamos la esperanza de que llegará el día en que una Parca encontrará la solución que tanto buscamos.

—¡No pueden esperarse a que suceda a la perfección! Tienen que irse adaptando para que, en lo que buscan su dichoso remedio, la gente cruce el umbral sin estar tan devastada. Dicen que a los humanos les provocan lástima, hagan algo.

—Si esperas más de nosotros, olvídalo. Así como nuestro sistema ha funcionado por milenios, estamos dispuestos a esperar tantos más si ello implica la implementación de una estructura perfecta. No nos gusta hacer las cosas a medias. La mediocridad no forma parte de nuestra naturaleza. Además, si hemos reducido la atención que ponemos en los humanos, ha sido con el propósito de enfocarnos en responderles a ustedes. Seguimos con la esperanza de entablar una conversación que contribuya a nuestra pesquisa. ¿Quieres cambiar las cosas? Piensa algo en lo que sí estés convencida.

Me ahogaba en un pozo de frustración. Debía existir una forma de modificar el sistema actual sin tener que esperar a que pasen miles de años. Llegué a la única conclusión lógica. Tanto tiempo me quejé de que esta labor era solitaria, y en cierto aspecto así debía ser, pero una meta mayor no se cruzaría por mi cuenta. Escribí un último mensaje antes de que dejaran de contestarme. Una petición final.

PARTE TRES

Capítulo 19

—Muéstramela. —Señalé su costado—. Tú también las tuviste.

—¿De qué carajos hablas? —El parque en el que estábamos nos hacía ver chiquitos al compararnos con la cantidad de árboles que ocupaban su espacio. Tantos umbrales nos rodeaban y yo solo podía enfocarme en la mirada confundida de mi mentor. La mayoría del tiempo me intimidaba, pero en esos momentos me sentía tan grande como un árbol.

—Me la enseñaste hace tiempo. Quiero ver la grieta en tu costilla.

—Es algo sin importancia. —Se levantó la camisa y ahí estaba. Una extraña cicatriz en su hueso. Dejó de ser herida para volverse un vago recuerdo de su amabilidad—. Ya te lo explicaron, ¿cierto?

—¿Qué fue lo que te pasó? —Posé mi mano sobre mi grieta y rocé las pequeñas astillas que sobresalían—. ¿Por qué permitiste que se cerrara?

—Estás muy mal si crees que curada la herida deja de doler. —Se sentó en la tierra, al pie de una jacaranda que con el viento seguía pintando de morado el suelo.

—Desde que te conocí has dejado a un lado tus emociones. ¿Ahora tratas de decir que ahí siguen? —Me senté a su izquierda.

—Tal vez todavía no te queda claro. Dime para qué chingados me buscaste.

—Necesito tu ayuda.

—Me sorprende mucho que creas que estaría dispuesta a brindártela. En verdad eres más ingenua de lo que pensaba. —Noté que le costaba verme a los ojos.

—Esa noche que murió el taxista dijiste algo que me ha puesto a reflexionar. —Cambié el tono de mi voz para apelar a los restos de empatía que tenía—. Siempre creí que el juicio que no teníamos permitido era el de dictaminar si la vida de un designado tuvo un impacto positivo o negativo sobre los seres que lo rodeaban. Las reglas que nos impusieron eran para asegurarnos de evitar hacer esa valoración. Pero una vez que recibimos nuestras emociones, nos es inevitable juzgar como buenas a todas las almas que guiamos. Jamás me planteé que alguna de ellas fuera una mala persona o que hubiera cometido actos inhumanos. El único prejuicio que hice fue el de tacharlos como humanos que cometen errores y tratarlos como alguien que está dispuesto a enmendarlos.

—¿Cuál es tu punto? —Me miró con suspicacia.

—El taxista no merecía una oportunidad para reparar su falta, ¿verdad?

—La mayoría de los humanos no son dignos de una oportunidad. —Sostuvo entre sus manos una de las flores moradas y la dejó descansar en la palma de su mano—. Lo único que saben hacer es destruir. Relaciones, los sueños de otras personas, sus propias ilusiones. Dices que se les debe tener consideración como si sus vidas hubieran sido perfectas, pero los conoces y te das cuenta de que hablan mal a las espaldas de sus seres queridos, tratan a otros de forma condescendiente, se matan entre ellos por dinero u orgullo.

—¿Y los más pequeños? —pregunté—. ¿Edgar de cuatro años no merecía empatía por hacer un berrinche a mitad de una película? ¿O qué tal Mariana que sacó un siete en su examen de historia? Sé que conforme crecen sus errores son más graves, pero no todos actúan de la misma forma que el taxista. Uno de mis designados, Javier, no tuvo la mejor relación con su hijo y aun así lo juzgué merecedor de una transición sin tantas culpas en su interior.

—¿Te das cuenta de la razón por la cual es mejor no interactuar con los designados? Conoces las partes que ellos están dispuestos a contar. Melisa llevaba semanas en ese frigorífico. Y el cabrón de César fingió por días ser una buena persona. Lo veía interactuar con sus pasajeros, con sus familiares y amigos como si fuera un hombre ejemplar. Cuando apareció su nombre en mi libreta ya había cometido el crimen. Lo vi en el sótano de su amigo intentando conectar un frigorífico a una batería externa. Pensé que lo ayudaba para conservar sus productos. Me sentí una idiota por haber creído que era un individuo honrado. Es difícil encontrar a alguien que no finja ser otra persona a la hora de estar acompañado.

—¿Qué me dices de Melisa? —Insistía para hacerle ver que aun con fallas, muchos humanos siempre están dispuestos a mejorar—. Entiendo tu castigo al taxista, pero hay quienes buscan arreglar sus errores con acciones que benefician a otros. Ella siempre peleaba con su hermano o su papá gracias al orgullo y la ira que sentía por dentro, pero a pesar de eso buscaba llevar más dinero a casa para que los tres tuvieran mejores condiciones de vida. También está quien denunció a la policía a César y gracias a él o ella encontraron el cuerpo de Melisa que ahora deja un alivio amargo con su familia.

—No fue ningún humano.

—¿Cómo?

—Sabía que el falso carisma de César haría que su funeral estuviera lleno de gente que lloraría su pérdida. Que habría palabras de consolación sobre el dolor de que un buen hombre partiera al otro mundo. Nada más de pensar en eso me encabroné y desde su celular llamé a la policía.

Recordé la frustración de Melisa y las lágrimas de Rebeca apenas se enteró de que no habría justicia. Pensé en Lalo que a empujones cruzó el umbral. También en las palabras despectivas de mi mentor que esa noche me miraba de manera distinta. El rencor que le guardaba no se disipaba, pero sí se mezclaba con una nueva sensación de comprensión. La tumba de Melisa no estaría vacía. A mi lado estaba un mentor que no reconocía.

—Si se cerró es porque me cansé de analizar quién merecía una guía más amena y quién no. No estuve dispuesta a sentir más esas astillas.

—Entonces, sí crees que hay gente que merece nuestra empatía.

—Somos nosotras las que no merecíamos recibir la maldición de nuestras emociones.

—Ellos… —señalé su libreta—, dijeron que todas las Parcas que recibieron la pedrada buscaron la forma de hacer la transición más pacífica. ¿Cuál era la tuya?

—De seguro también te dijeron que ningún método se implementaría hasta que sea efectivo con el cien por ciento de los designados.

—Algo así, pero estoy segura de que podemos cambiar esa decisión.

—Estás muy joven todavía para entender que no basta con que una Parca quiera modificar el sistema. —Pasó rápido las hojas donde estaban todos los nombres de las almas a las que había guiado.

—Eso no me quita las ganas de hacerlo. Más al pensar en nuestras hermanas que ignoran lo que significa cuidar las emociones de alguien más.

—¿Quieres decir que te gustaría que todas reciban el impacto de la piedra?

—Es terrible el duelo que conlleva guiar a cada designado, pero es más dulce la sensación de haber hecho un buen trabajo. Y para entender a alguien más, necesitas primero entenderte a ti mismo.

—No te voy a mentir —bajó la mirada hacia su mano que estaba repleta de esas flores moradas—, extraño escuchar de la boca de mis designados las palabras "Muchas gracias".

—No quiero ofenderte, pero con las pocas ocasiones en las que hemos interactuado es difícil creer que alguien alguna vez te dio las gracias. —Escuché su risa y me alegré de haber roto su caparazón. Solo faltaba ver qué tan fácil quitarlo.

—Cuando llegué a la casa de la anciana se escuchaban muchas voces. —Empezó el relato que tanto deseaba conocer—. Una de esas reuniones donde toda la familia se interrumpe para relatar una anécdota y jamás la termina porque alguien más ya empezó a contar otra. Donde los más pequeños juegan en una habitación contigua mientras esperan a que sus papás se tarden mucho más en la plática para que no tengan que regresar a sus casas. Mi designada era muy callada, pero nunca dejaba de sonreír. Al principio pensé que era algo normal, aunque después noté que su esposo hacía todo lo posible para que no hablara. Cuando estaban a solas la reprendía por decir lo que él creía eran estupideces. Soltaba reproche tras reproche. "Calladita te ves más bonita, Tonita".

Apretó el puño al recordar esos días y las flores en su mano se estrujaron. Vi algunos pedazos caer en la tierra seca.

—Siempre he sido una Parca rencorosa, así que no soportaba la existencia de ese hombre. Me molestaba ver a los demás familiares hablándole con tanto cariño. Y ni siquiera ignoraban los malos tratos a su esposa, ya que ellos presenciaron algunos de los muchos regaños que le soltaba. Eran pocos los hijos y nietos que le hacían la conversación a Tonita. Tenía una relación más cercana con su hija, pero a quien más quería era a su única nieta.

—Me recuerda mucho a mi primera designada. —Mi mentor no tomó mi interrupción como una ofensa—. Se llamaba Alba Zamorano y en su último día cocinó junto a su nieta. Eran muy unidas.

—Así era Tonita. Seguía sin hablar mucho, pero le encantaba pasar tiempo con la pequeñuela que le quitaba a sus primos los juguetes con los que no la dejaban jugar y los llevaba con su abuelita para que se los escondiera. En cuanto los niños se cansaban de buscarlos iba a recogerlos. Un avión de plástico, un pirata al que le faltaba su pata de palo y, si tenía suerte, el peluche sucio del que su primo Arturo no podía separarse. La chamaca ni jugaba con él, solo quería hacer la maldad.

—Sí, así llegan a ser los niños. —Ambos sonreímos.

—Fue lo replegada que estaba Tonita dentro de su propia familia y el verla esconder los juguetes en su bolsa lo que resultó en que me encariñara con ella. Extraño mucho esa sonrisa arrugada que te decía lo orgullosa que estaba de ti. Y de nuevo sentía el enojo atorado en la garganta al pensar que su esposo viviría más tiempo que ella.

—¿Sigue vivo?

—Sí. Aunque me alegra que rara vez lo visitan sus familiares. —En ese instante el tono de su voz cambió—. Al morir Tonita la furia regresó a mí. Los hijos que no le dirigían la palabra derramaban mares de lágrimas. La única razón por la cual le hacían caso al papá era gracias a que les prestaba dinero que tomaba de su pensión. Ya no sabía si los cabrones le lloraban porque se había muerto o porque ese mes no podrían pedir más lana ya que el señor se la gastó en los servicios funerarios.

—¿Fue muerte natural?

—Un ataque al corazón —dijo en seco y con la mirada al suelo.

—Lo lamento.

—No quería despedirme de ella, ¿sabes? Por mi egoísmo terminó del otro lado del umbral varios días después. En ese tiempo me hacía una que otra pregunta, pero cuando era mi turno contestaba solo con monosílabos. Aún muerta se quedó con el hábito de escuchar en su cabeza los reproches de su esposo. Me puso melancólico, más al percibir que ella creía que mi compañía era el proceso natural después de fallecer. Por eso me miró con sorpresa en cuanto le dije que tenía que cruzar el umbral, por fin se creyó merecedora de hacerlo.

—No alcanzo a comprender por qué te esperaste tanto tiempo —dije con desdén—. Sé que el cariño que sentimos por los humanos es fuerte, pero ese mismo sentimiento es el que te hace pensar que no dejas de alargar la despedida por miedo a enfrentarte a ella.

—Tuve mis razones. Tres días después fue su funeral. La ciudad estaba cubierta por estos mismos árboles. —Señaló hacia arriba—. Entré al cementerio junto con Tonita y recordé las voces de cuando llegué a su casa por primera vez. Escuché conversaciones, lágrimas y rezos. No estaba seguro del beneficio que le traería ver su propio entierro, pero una parte dentro de mí quería que viera a las personas que *sí* la apreciaban. Necesitaba que supiera lo mucho que la extrañarían.

—¿Cómo reaccionó?

—No quiso estar tan cerca del círculo de personas, así que nos fuimos a unos metros de distancia donde no se escuchara tanto el ruido. Veía desde lejos a su esposo, al sacerdote que bendecía el féretro y a sus nietos que estaban sujetos de la mano por sus papás. Ya para ese punto pensaba en replicar el método que había puesto a prueba con mi designada anterior, pero no encontraba la oportunidad de hacerlo. Y yo nunca he sido de las que cree en los milagros, menos porque jamás he visto uno, pero ese día fue lo más cercano que he estado de pensar que existen. La nieta brincaba de aquí para allá —continuó mi mentor con su relato—, hasta que se tropezó y se raspó la pierna. El casi milagro sucedió. Se sentó a descansar a un lado del árbol donde Tonita la veía embelesada y sonriente. Me acerqué a la pequeña, asegurándome de que el tronco me cubriera y que ningún humano pudiera verme. Mantuve mi mano sobre mi sombrero por unos segundos, debatiéndome si seguir con mi método. Como si algo me hubiera poseído fijé la mirada en la niña que ahora me veía. El tiempo pasó lento. Coloqué mi sombrero sobre Tonita y vi las sonrisas más grandes que en ningún otro humano había visto. "Tita Antonia", exclamó la pequeña.

—Eras tú —solté sin pensar.

—¿A qué te refieres? —preguntó consternado.

—Espera. ¿Cómo supiste que prestándole tu sombrero podría interactuar con los vivos? —Cambié el tema espantada. Rebeca era un secreto y quería mantenerlo así por mucho tiempo.

—Es una larga historia y una casualidad muy grande.

Rápido pensé en otra pregunta y la vomité sin premeditarla.

—¿Fue ahí que hiciste que Tonita cruzara el umbral?

—Dejé que conversara un ratito con su nieta. Agradecí que su silencio desapareciera por unos minutos. Después de jugar y platicar, fue ella misma la que le dijo a la niña que regresara con su mamá. Escuché sus últimas palabras: "Dile a tu mami que abuelita está bien. Y no sueltes otra vez su mano que te vas a raspar de nuevo si sigues de rebelde". Sin contestar la vio correr de regreso. Se volteó hacia mí, me entregó el sombrero y me dio las gracias con un abrazo. Dejé que su calidez me rodeara y no la solté hasta sentirme satisfecha. "¿Qué sigue?", me preguntó. "¿En serio ya te quieres ir?", le contesté. Asintió. Entendí que su silencio había regresado y señalé el umbral a sus espaldas.

—Jamás me hubiera cruzado por la mente que prestar nuestro sombrero haría tal cosa —dije sorprendida—. Es arriesgado, pero bajo las circunstancias correctas es un gran método. ¿También buscaste que se implementara con las Parcas?

—Dejaré que te respondas solita.

—Los superiores la tacharon de no ser perfecta.

—Y estaban en lo correcto. No siempre funcionó como esperaba.

Oír este método en las palabras de su creador provocó una gran curiosidad por conocer a otras Parcas y escucharlas hablar del suyo. Me preguntaba cuántos intentos les habría tomado llegar a ese punto, con quiénes les habría funcionado, las razones por las cuales no era perfecto, su emoción al llevarlo frente a los superiores para acabar en un rechazo.

—Desde el principio supe que si iba a prestar mi sombrero, tendría que ser para dejar que mi designado hablara con un infante. Mi regla era no permitir que se acercaran a ningún adulto. No creo que tenga que explicarte la razón, ¿cierto? —Esperó a que contestara y solo recibió una mirada de incredulidad—. A un niño no le harían caso. Nadie le va a creer que vio a una Parca y a su familiar que apenas falleció. El gran problema es que los humanos son necios. Les das la mano y te agarran el pie. Uno de ellos, en vez de quedarse con el pequeño que tenía enfrente, tuvo la osadía de escaparse para buscar a un adulto. Si algo me molesta es que la gente desaproveche sus oportunidades, así que ni le di el chance de conversar con el niño una vez que le quité el sombrero. El chamaco se quedó tan confundido que nunca le contó a sus papás que había visto a su tío correr dentro de su sala.

—Sí, se nota a leguas que eres de aquellos que no cree en las segundas oportunidades.

—¿Y para qué? Por si todavía no te queda claro, de inmediato me di cuenta de que mi método tenía fallas. Aun así continué porque aunque me parecía una medida que no lograba el cien por ciento de eficacia, cualquier porcentaje era mejor que cero. —Otra vez me miró en busca de una reacción. La recibió. No dejaba de pensar en la absurda decisión de nuestros superiores de esperar el tiempo que sea necesario para encontrar la perfección. Lo miré con complicidad y eso lo motivó a seguir su relato—. Hasta que un día uno de mis designados, mientras le explicaba cómo funcionaba mi sombrero, me lo arrebató. No suelo ser desconfiada, pero por las dudas me aseguro de dar mis instrucciones cuando nos encontramos con un infante a corta proximidad y donde ningún adulto pueda vernos. Me preparé por si decidía correr, pero me percaté de que se adueñó de mi sombrero porque estaba ansioso por platicar con el niño que, en cuanto vio a su familiar muerto, comenzó a gritar. El designado lo agarró por los hombros y le soltó una sarta de estupideces a tal punto que tuve que quitarle el sombrero y arrastrarlo hasta el umbral. Desde el interior de la casa al árbol en la acera, gritó y echó culpas de su muerte. No quise quedarme a ver qué fue del niño, ahí mismo decidí jamás volver a prestar el sombrero.

—¿Entonces solo sirvió con Tonita?

—No, también con una mujer que falleció en el parto. Al menos pude darle una última oportunidad de cargar a su recién nacido. ¿Sabes otra razón por la cual pienso que los humanos pueden ser terribles? Esa misma noche, en la que la madre primeriza no soportó la anestesia para la cesárea, una mujer perdió a su hijo en el parto. La naturaleza puede ser cruel, pero fue peor ver a esa pobre señora en la misma sala donde más madres abrazaban a sus hijos recién nacidos. En ese espacio, las risas y los susurros de felicidad de algunas mamás se sienten como agujas que hacen más palpable la pérdida de otras.

—Sigo sin comprenderte. Conoces el dolor, tal vez no en carne propia, pero sabes lo que un humano puede sufrir. Es posible que tu método no sirva con todos y sí, jamás tendrá la aprobación de nuestros superiores. Pero lo más congruente de tu parte sería discernir quién merece tu ayuda y quién no.

—¿No te cansas? —me preguntó—. Estoy hasta la fregada de recibir nombres. Tendremos tiempo ilimitado, pero no me siento capaz de guiar a más personas con la misma dedicación que antes. Tú eres una Parca joven y estás en una posición parecida, ¿cómo crees que me siento yo después de tantos milenios de existencia? Ya no tengo la paciencia para esperar a que mis designados mueran, por eso adelanté su hora como con el taxista.

—¿Lo has hecho más veces? —pregunté sorprendida.

—No todos merecen esos días extras que nuestros superiores les otorgan. Algunos deberían morir en cuanto aparecen en la libreta. Y en vez de hacer eso, allá arriba siguen con su pataleta de mejor contestar mensajitos de las Parcas con tal de sentirse bien consigo mismos. Su asignación debería ser distinta. Elegir mejor los tiempos. Dejar de jugar con nosotras.

No supe qué contestarle. Coincidía con ciertos puntos y otros los repudiaba, pero entre más conocía a mi mentor, más entendía que las emociones humanas eran un error dentro de nosotras. No estamos diseñadas para cargar con ellas.

—Algo parecido experimentó aquel que me entregó mi guion. Se cansó. Un día no pudo más y me pidió un favor que al día de hoy me carcome por dentro. Gracias a él supe que las Parcas podían desaparecer, aunque no es tan fácil como parece.

—¿A dónde podría escapar una Parca?

—No me entiendes. Desaparecer. "Morir". —Sus nervios delataron que era la primera vez que estaba por contar esa historia. Con sus dedos hacía un garabateo incesante en la tierra—. No sé cuándo ni cómo se creó esta regla, pero una Parca jamás podrá atravesar el umbral que ella mismo invocó. Lo que sí puede hacer es cruzar el de otra Parca.

No creía lo que me decía. La soledad impuesta en nuestra labor era para evitar que entre nosotras buscáramos las fallas en el sistema.

—Tuvimos una plática parecida a esta y al terminar me dijo los planes que tenía. Le negué mi ayuda en un principio, pero se aseguró de dejarme muy en claro que lo necesitaba. Decidí creer. Pensé que podría llegar el día en el que yo también lo necesitara. —Esperé a que volteara a verme para indicarme que era ese momento. Siguió con la mirada al horizonte—. Abrí el umbral y sin despedirse lo cruzó. Al día siguiente los superiores cambiaron mi guion y disminuyó la frecuencia en la que se escribían los nombres en mi libreta.

—Debió ser algo difícil para ti. Lamento mucho que te hayan puesto en esa posición.

—No soy una de tus muertitas, conmigo deja a un lado la condescendencia.

—Solo creí que...

—Por cierto —me interrumpió con un nuevo tono en su voz—. "Eras tú". ¿A qué te referías?

—A nada. —Desvié la mirada y empecé a bajar el volumen de mi voz—. Fue una simple confusión.

—Entiendo que por mucho tiempo he sido una culera contigo, pero si te cuento todas estas cosas es para que me tengas confianza. No soy un monstruo del que debas huir.

En mi interior se originó un debate. Era más fácil soltar el secreto con alguien que comprendía las necesidades de una Parca cansada de su labor, pero al mismo tiempo me asustaba confiar en alguien que no siempre ha sido recíproco con ese tema.

—Lamento mucho las formas en las que te traté antes. —Vi sinceridad en su mirada—. Si no quieres contarme no te voy a obligar, pero al menos déjame decirte que tiene mucho tiempo que no platicaba con otra Parca como lo hice ahora contigo. Eres muy buena para escuchar y eso lo agradezco.

Él no creía en segundas oportunidades, y esa era una de las muchas diferencias que teníamos.

—Otra humana me vio, pero te aseguro que no hay peligro con ello —dije en cuanto vi sus ojos abrirse como platos—. He platicado un poco con ella y me contó la historia de cuando vio a su abuela gracias a una Parca amable.

Se quedó callado y por un segundo su rostro se tornó oscuro. No logró ocultar su expresión de molestia y eso solo me asustó más de lo que ya estaba.

—Te pido de favor que no le cuentes a nadie sobre esto. En verdad, no es algo que traería consecuencias. Hablar con ella me hace sentir mejor y viceversa.

Después de un par de suspiros, mi mentor volvió a sonreírme.

—Rebe. Cuéntame todo, extraño mucho a Tonita y será maravilloso escuchar esa historia desde otra perspectiva. —Mi angustia era evidente. Lo notó—. No te preocupes. Tu secreto está a salvo conmigo.

Le agradecí con un alivio en el que quedaban rastros de duda y así llegó mi turno para contar un relato. Bajo ese árbol sucedieron muchas cosas que no esperaba. Surgieron más sonrisas de las que imaginé y logré sentirme más cercana a quien desde el principio se aseguró de alejarme. Por mucho tiempo desconocí sus razones, e incluso ahora todavía no las comprendo. Esa noche cambiaron muchas cosas para mí, pero aún no lo sabía.

Capítulo 20

Tres palabras se han repetido en grandes cantidades a lo largo de este escrito: "Por primera vez".

Los ejemplos que más recuerdo son el día que vi a otra Parca que no fuera mi mentor, también cuando conocí el luto por un designado y el momento en el que, por primera vez, me sentí escuchada. Las emociones que recibí con el golpe de la piedra en mi costilla han creado memorias que desearía olvidar, pero reconozco que son más aquellas ocasiones que me brindaron alegría y tranquilidad. Y he pensado tanto en esas experiencias que perdí la costumbre de mencionar a las cuales solo aplican otras tres palabras: "Por última vez".

No me gusta pensar que un gatito jamás volverá a descansar en mi regazo. Tampoco el hecho de que ningún nombre en mi libreta será el de alguien que tuvo una vida larga y plena. Y lo admito, la que más me duele mencionar es que, poco tiempo después de esa noche en la que platiqué con mi mentor, tendría una conversación con Rebeca por última vez.

—Espérate —dijo sobresaltada. Apagó la radio, se reacomodó en el sillón de su coche y bajó la ventana para que entrara un poco de aire—. ¿Fue tu mentor?

—También me sorprendió.

—Aquel que tanto te jodió la existencia es quien guio a mi Tita. ¿Qué diablos le pasó?

—Sus designados le hicieron creer que hay muchos humanos dispuestos a morder la mano que les ofrece ayuda.

—Qué analogía tan estúpida —se mofó Rebeca—. Entre los humanos solemos decir que no hay peor ciego que el que no quiere ver. Y aunque muchos no aceptan la ayuda que tanto necesitan, también están los que con tal de sentirse mejor consigo mismos tratan de ser altruistas.

—No creo que sea un mal inicio. Lo que menos quiero es que pienses mal de mí, pero cuando guie a mi primer designado, después de la pedrada, lo hice pensando en que quería mejorar. No tanto en lo que necesitaba la persona.

—No te juzgo, Par. Hacer el bien al prójimo por intereses personales es mejor que quedarse con los brazos cruzados. Solo quiero que entiendas que entre más piensas en ti al ayudar a otros, dejas de poner su bienestar real en primer plano. Te convences a ti misma de que eres una buena persona cuando en realidad le ocasionas más daño porque el favor que le haces no se adecua a sus necesidades.

—Lo más probable es que sea esa la razón por la cual nunca encontraremos la solución perfecta. —Desvié la mirada para que no viera la melancolía que me causaban sus palabras.

—No hay solución a la muerte. Y aunque tu mentor le haya hecho pasar un bonito y nostálgico momento a mi Tita, no significa que dejará de ver a la muerte como una triste despedida a su vida anterior. Sea lo que sea que haya en el más allá, siempre que sus recuerdos permanezcan, le dejarán un hueco por dentro.

Ese era nuestro gran problema. Buscábamos sin sentido en una respuesta que no existía.

—Una profesora una vez nos dijo que la misma agua hirviendo que ablanda una papa, es la que endurece un huevo —continuó Rebeca ante mi silencio—. Sus métodos jamás funcionarán con todos los humanos. ¿No es mejor borrarles su memoria una vez que fallecen?

—Si olvidan sus recuerdos, ¿cuál sería el sentido de tener que cruzar el umbral? —respondí con seriedad—. No habría razón de existir un más allá.

—Estoy de acuerdo en eso. No hay lógica detrás del concepto de la vida después de la muerte. —Me dirigió una mirada retadora—. ¿Cuál es el chiste de morir para de inmediato empezar una nueva vida después de cruzarlo?

Esa pregunta trajo a mi memoria a varios de mis designados, en especial a una escritora cuya obra nunca pude leer. Su hija recién casada por la iglesia discutía con su esposo en una cena de Navidad. Todos en la mesa sabían que tanto la novia como su familia no eran practicantes de ninguna religión. Los parientes del marido crecieron católicos. Esa noche el papá cuestionó a la escritora: "Si para ustedes la muerte significa que todo se termina. Que no hay un cielo o un infierno, ¿cuál es la necesidad de vivir?". Hubo un silencio incómodo y los rostros de los esposos expresaban pánico. "Antes de contestarte, quiero contarles que hoy por la mañana terminé de escribir el capítulo veinticinco de mi próxima novela. En verdad formé una conexión profunda con mis personajes y la intriga me carcome por dentro sobre lo que sucederá con ellos". "¿No sabes cómo terminará tu historia cuando la escribes?", preguntó su consuegra. "En lo absoluto. Es entretenido observar la forma en que ellos me cuentan sus vidas y yo me quedo con el privilegio de escribirla". "¿Y respecto a mi pregunta?", insistió el papá del novio. "Espero que cuando mis lectores vayan a la mitad del libro no decidan cerrarlo, ¿por qué deciden cada vez empezar algo que saben que va a terminar?". "Es muy distinto. Siempre puedes volver a leerlo". "Qué especial debe ser la vida que no puedes repetirla, ¿no lo crees? Te crea una necesidad de aprovechar cada segundo. Recuerdas que en cualquier momento darás tu último beso, tuviste tu última charla o escribiste tu último capítulo".

—Por más que quisiera tener una respuesta, con cada día que pasa me doy cuenta de que no tengo la menor idea de lo que significa la muerte —le contesté por fin a Rebeca—. Eso sí, creo que con el paso del tiempo mejoro mi entendimiento sobre la vida.

—Ni siquiera nosotros la comprendemos, Par. —Sonrió y continuó—. No te presiones a hacerlo tú.

—No lo entiendes, entender la muerte es entenderme a mí.

—¿Crees que un humano no se entiende a sí mismo si no entiende la vida por completo?

En ese instante nuestras miradas volvieron a chocar. Ambas éramos ignorantes del funcionamiento de la vida y la muerte aun cuando cada una pertenecíamos de forma respectiva a esos planos. Eso no nos impidió sonreír y, por primera vez, estar satisfechas con nuestra falta de sabiduría. Mantuvimos la conversación un par de minutos más, lo que sirvió para enterarme que ya había conseguido trabajo. Me contagió la emoción de un nuevo comienzo. El eco de las risas se desvaneció en cuanto vi el mensaje en mi libreta. Mis superiores querían que me reuniera con ellos. Unos escalofríos atroces recorrieron mis huesos. El pánico me absorbió y dejé de escuchar lo que Rebeca decía. Temí lo peor y maldije cada una de mis decisiones. Ni siquiera intenté mentirme a mí misma, puesto que el contacto con ellos siempre fue por escrito. Otra vez esas odiosas palabras: "Por primera vez". En esta ocasión querían verme en persona, lo cual no podía significar nada bueno.

Me despedí de Rebeca con un abrazo que ninguna quiso soltar. Oculté mis lágrimas mientras ella seguía con esa cálida sonrisa en su rostro.

Los cuatro muros de su oficina eran de madera. Un escritorio negro hacía contraste con el café claro de las paredes. Descansaba a la mitad de la habitación con una máquina de escribir encima. Recuerdo pensar lo arcaico que era. Esperé unos minutos a que alguien apareciera. No había puertas ni sillas. Solo una pequeña cuerda que colgaba del techo en una de las esquinas.

—Siéntate.

Di un respingo al escuchar una voz profunda detrás de mí. Me volteé y los vi. Esas tres figuras altas que carecían de un traje como el que usamos las Parcas. De igual manera en la que las representaban los humanos en las películas o libros, tenían puesta una túnica negra. No divisé sus rostros debido a la capucha que no dejaba ver ni un centímetro de su cráneo.

—¿Dónde quieren que me siente? —pregunté con nerviosismo.

Señalaron el escritorio. Una silla que antes no había visto apareció frente a mí. El miedo me paralizó, pero logré caminar hacia ella sin voltear a ver a mis superiores. Aun así escuchaba sus pisadas detrás de mí. Una vez sentada observé que mi mentor también estaba ahí para la reunión. Eso agravó mis nervios.

Era evidente. Habían descifrado que mi petición de reunirme con mi mentor era un intento desesperado por cambiar el sistema. Y si con anterioridad temía que mi castigo cobrara una vida humana, ahora era distinto. Por fin tenía una conexión real con mi mentor. Y ahora sabía que la consecuencia sería perderla. Estaba segura de que querían separarnos.

—¿Sabes por qué estás aquí? —preguntó una de las altas figuras.

—No tengo la menor idea.

Las tres, con el escritorio como barrera, estaban paradas frente a mí. Intercambiaron miradas. Jamás se me dio bien mentir, así que, imagino, vieron la verdad en mi rostro.

—Volvemos a preguntarte. ¿Conoces la razón por la cual estás reunida con nosotros?

Volteé a ver a mi mentor en busca de ayuda.

—Solo estoy aquí para escuchar —dijo sin ningún gesto. Taciturno como siempre. Indiferente.

—Nos gusta pensar que como regentes somos bastante compasivos. Ya una vez cometiste un error y las consecuencias fueron mínimas. —Uno de ellos caminó de mi lado del escritorio y se detuvo a mis espaldas. Mi corazón latía a toda velocidad—. Eduardo… Lalo, murió gracias a tu descuido. Por ello solo obtuviste una advertencia.

—¿Cómo que solo una advertencia? —Me sorprendía que una muerte y el cambio en las edades de mis designados formara parte de una simple llamada de atención.

—Esta es la última vez que lo preguntamos. —Aquel que estaba a mis espaldas colocó su mano sobre mi sombrero—. Tenemos la certeza de que sabrás contestar bien. ¿Ya descifraste la razón de tu presencia aquí con nosotros?

No buscaban una respuesta, sino una confirmación. El pánico me hizo levantarme de improvisto para alejarme del escritorio.

—Dejaremos de vernos. Esto no tiene por qué escalar.

Era bastante visible mi agitación. Por un momento mi vista se nubló. Después de tallarme los ojos vi frente a mí una vez más a las tres figuras que parecían haber crecido. En la esquina, mi mentor estaba inmóvil.

—Tanto te quejas de nuestro sistema —dieron un paso hacia adelante—, ¿y quieres que aquí hagamos una excepción?

No dejaba de cavar mi propia tumba. Así que decidí callarme.

—Empieza a ser contraproducente —comentó uno de ellos—. Continuamos sin obtener resultados y, a la vez, tenemos que lidiar con casos como estos.

—Estoy de acuerdo. ¿Cuándo lanzaron su última piedra? —preguntó otro.

No escuché mucho de lo que dijeron por estar perdida en mis pensamientos. Se respiraba la tensión en el aire, pero me tranquilizaba el hecho de no ser la única Parca metida en esa situación.

—¿Qué procede ahora? —pregunté con tal de tener una respuesta inmediata—. Debe haber algo que pueda hacer para solucionar esto.

—¿Hay algún nombre pendiente en tu libreta?

—Permítanme lo reviso. —Sin entender el porqué de su pregunta, la saqué y le di vuelta a las páginas con lentitud y una temblorina que no abandonaba mis huesos—. Sí, Francisco Cruz.

—Muy bien. Tu primer error resultó en una advertencia. —Y seguían con esa palabra que en definitiva no describía de manera correcta lo que me hicieron—. El segundo viene con una consecuencia.

—Te sugerimos no volver a equivocarte —dijo el mismo que minutos atrás colocó su mano en mi sombrero, esta vez me lo arrebató sin previo aviso y se alejó unos pasos de distancia—. No querrás saber lo que sucederá si llegas a cometer un tercer error.

—¿Estás lista para la consecuencia? —preguntó desde lejos mi mentor.

Volteé a verlo con frenesí aún más confundida que antes. ¿Qué diablos estaba sucediendo?

—Por favor, deja que nosotros nos ocupemos de esto. —Lo interrumpieron los superiores.

Astillas. Escalofríos. De golpe regresó a mi memoria el momento en que Lalo empezó a escupir borbotones de sangre frente a su esposa.

—Al terminar de guiar a tu actual designado, el nombre de Rebeca aparecerá después. En esta ocasión, a diferencia de la anterior donde tu mentor hizo el trabajo, tú te encargarás de asegurarte de que cruce el umbral.

Ya tenía el espíritu por los suelos, pero de alguna forma sentí que no paraba de caer. De repente todas mis ganas de continuar se habían esfumado. Ninguna trágica emoción humana que hubiera ganado me pudo haber preparado para esta. La grieta en mi costilla ganaba astillas. Cada palabra de esta conversación defendiendo a mi mentor quedó de pronto suspendida en el aire. Mis superiores no hablaban de él y yo, hablaban de Rebeca y yo. Su indiferencia no era el miedo y dolor paralizantes que yo había creído, era cobardía, burla, vergüenza. Me había traicionado.

—Les ruego, no le hagan daño —exclamé desesperada—. Bórrenle los recuerdos que tiene conmigo. Les pido que la consecuencia sea solo mía. Fui yo la descuidada, ella no carga con ninguna culpa.

Esa chica se había convertido en mi mundo. En la única razón por la cual seguía motivada con mi labor. Mi pequeño contacto con la humanidad que mostró interés por mí, y también el hombro en el que me recargaba cuando sentía que no podía seguir adelante. Me dio una razón para mejorar, porque eso significaba que lograría estar para ella cuando me necesitara. No estaba lista y aun así tuve que escuchar las siguientes palabras que vinieron de las bocas de mis superiores.

—La decisión está tomada, pero no te preocupes, su muerte no será igual que la de Lalo —aclararon mis superiores mientras me regresaban mi sombrero—. Eso sí, ten mucho cuidado. Si tratas de hacer algo para que esa mujer no atraviese el portal, la consecuencia será peor.

Recordé la anécdota que me contó mi mentor sobre cómo se logra que una Parca muera. Deseé seguir el mismo destino. Entrelacé miradas con él y después con mis superiores. Por puro orgullo no les permití ver en el estado que su sentencia me dejó. Todas mis memorias a partir de la pedrada empezaron a cruzar mi mente. Cerré los ojos. La ansiedad no me dejaba parar en un recuerdo en específico y como ráfaga me lanzaba nombres, lugares y emociones. Hasta que se detuvo en un amplio llano cubierto de pasto. No distinguí el lugar. Aunque todas las Parcas son parecidas pude reconocerme frente al único árbol de hojas moradas. Era extraña la sensación de verme a mí misma en tercera persona. Me encontraba a varios metros de distancia y me exalté al ver que no tenía mi traje puesto. También observé mi grieta. Estaba sanada en su totalidad y, en su lugar, noté una pequeña cicatriz que se había tornado a un tono violáceo. Era distinta a la que mi mentor me mostró la noche en la que conversamos. Miré hacia el horizonte, pero no se veía ninguna ciudad. La brisa soplaba con suavidad y acariciaba mis huesos desnudos. Me agaché y noté que la tierra estaba mojada. Aspiré profundo y mi rostro reflejó placer. Por fortuna no llovía. Me acerqué con cautela al árbol y al estar a unos pasos de distancia vi un umbral abrirse en el tronco. Su brillo era inusual y, a diferencia de los que suelo invocar, se podía ver a través de él. Mi rostro no expresaba miedo. Es más, mi sonrisa jamás se apagaba. No estaba muy segura de en dónde me encontraba y qué hacía ahí, pero en cuanto me asomé para ver el reflejo del umbral alcancé a ver un parque. Varios niños jugaban en una resbaladilla y otros se turnaban el único columpio. Esperé un rato más a que sucediera algo que resolviera mis dudas, y por fin, una Parca se asomó e hizo un gesto de sorpresa al verme. Pronunciaba palabras que no logré escuchar, pero de manera insistente señalaba a la libreta que cargaba en sus manos. Lo único que me vi hacer fue saludar y agradecer. La otra Parca no paraba de hablar y después de unos minutos levantó el brazo para despedirse. Al cerrarse el umbral un movimiento frenético en la tierra comenzó a sacudirme. Mantuve la mirada en esa versión mía que se quedó impávida y con una sonrisa más grande que antes. De pronto todo se volvió negro y desperté en la habitación donde apenas había recibido la sentencia de mis superiores.

Una insólita sensación de esperanza me abrazó. Era tenue, pero un bálsamo útil para seguir. Logró que creyera que algún día mi grieta sanaría y dejaría aún dentro de mí, las emociones que me han convertido en quien soy. Y si la felicidad estaba en mi futuro, solo podía significar que Rebeca formaba parte de él. No me iba a dar por vencida. Todavía tenía que guiar a un designado antes, lo que me daba tiempo para encontrar alguna solución. De repente, el dolor de la traición se entremezcló con la valentía que ahora la ahogaba. Tenía la fuerza suficiente de hacer lo que fuera necesario para salvar a quien me enseñó que todos vivimos en una constante búsqueda de respuestas.

—Una cosa más, Parca —dijeron mis superiores antes de mandarme de regreso con los humanos—. A partir de ahora dejarás de improvisar la forma en la que guías a tus designados.

Te apegarás al guion que se te otorgó y detendrás cualquier intento de conversación. No importa si lloran, si sufren o se quejan. El alma irá directo al umbral. ¿Te quedó claro?

Traté de protestar, pero las cuatro paredes de madera habían desaparecido y, junto con ellas, las imponentes figuras que me rodeaban.

Capítulo 21

Francisco no fue quien jaló la manija de emergencia. Tampoco fue el responsable de que el fuego se propagara. De lo que sí fue culpable fue de empujar a cualquiera que se le atravesara de camino a la salida.

Entramos juntos al centro de convenciones. El lugar estaba a reventar. Cientos de personas paseaban entre los pasillos iluminados. Exploraban los *stands*, tomaban fotos y saciaban su necesidad de comprar cosas que no necesitaban. Con la música de fondo y el murmullo de las conversaciones logré regresar a mí misma. No dejaba de pensar en el nombre que estaba por ser escrito en mi libreta. Cruzó por mi mente replicar algo parecido a lo que vi a mi mentor hacer con su último designado. Intervenir en la muerte de Francisco para aplazar el mayor tiempo posible el fatídico destino de Rebeca. Mi consciencia me detuvo porque la consecuencia de mis errores ya era lo suficiente grande como para empeorarlos. Lo que menos quería era que mis superiores perdieran la clemencia con la que dictaron que su muerte sería distinta a la de Lalo. Aun así me asustaba qué le tenían preparado.

Francisco no era una mala persona. Tal vez no saludaba al entrar a una cafetería y tampoco daba las gracias cuando le entregaban su café, pero eso no lo villanizaba. En su trabajo no era el más eficiente y la simpatía no era su fuerte, aunque jamás lastimó a nadie. Su personalidad era tan común como la de una Parca promedio. Eso lo colocaba de inmediato en la categoría merecedora de mi empatía. Lo cual, reflexioné después, no servía de nada porque se me había prohibido usar cualquier método ajeno al instruido por mis superiores. Jamás volvería a ver a un designado escribir una carta. En ese momento traté de recordar el último "Muchas gracias" que escuché y ningún rostro apareció.

Un grito me distrajo. Francisco soltó lo que tenía en sus manos y prestó atención a lo que sucedía. Después me enteré de que en un rincón del recinto, un *stand* que exponía varias *tablets*, *laptops* y otros dispositivos encendidos, cometió el error de sobrecargar algunas de las extensiones. Un destello azul, seguido de un chasquido que nadie notó al principio, rápido se transformó en una pequeña flama en la lona de tela sintética que decoraba el puesto. En segundos, el fuego encontró su alimento que se avivó aún más gracias al aire acondicionado que corría por el lugar. El letrero LED que se sostenía en la base metálica del *stand* parpadeó antes de morir y caer con estrépito en el suelo. Y entonces alguien gritó:

—¡FUEGO!

El encargado del puesto trató de sofocarlo con su playera, pero era demasiado tarde. El grito retumbó en el espacio como una bala disparada al aire. La atmósfera de emoción se transformó en histeria. Francisco giró su cabeza en búsqueda de la salida más cercana, pero no fue el único porque decenas de personas comenzaron a huir en unísono. Mientras el humo negro se extendía, mi designado empezó a toser. Corrió y empujó a cualquier persona que se le atravesara. No miraba atrás, no le importaban los gritos de protesta. Solo quería salir. Con la fuerza de un hombre de treinta y dos años derribó a una mujer que apenas logró levantarse antes de ser pisoteada. Su siguiente víctima fue un adulto mayor que tropezó, pero por fortuna se sostuvo de una columna. El tercer afectado fue un niño.

No tenía más de ocho años. En cuanto lo vi caer de espaldas, mi instinto me detuvo. Por unos instantes perdí de vista a Francisco que ya estaba varios metros adelante. Quise quitarme mi sombrero para levantar al pequeño que con sus manos buscaba algo a lo que aferrarse. Esperé a que alguien se conmoviera con esos ojos llenos de miedo, pero nadie se detuvo. Una persona tropezó con él. Luego otra. Un zapato lo golpeó en el brazo y otro en la cabeza. Unos escalofríos me recorrieron el cuerpo al saber que también tenía que abandonarlo para ir detrás de mi designado. El flujo de personas era imparable. El pánico me permitió correr tan rápido como pude tras Francisco, hasta que me di cuenta de que lo había perdido. Llegué a la salida, a lo lejos se escuchaban las sirenas de las ambulancias y coches de bomberos. El fuego avanzaba e iluminaba las paredes con su resplandor anaranjado a mi alrededor. Las alarmas del recinto se sumaron al caos.

Los rescatistas y paramédicos entraron. Para dos personas la ayuda había llegado demasiado tarde. Francisco tenía los dedos torcidos y crispados. No encontró algo a lo que aferrarse para evitar caer. La estampida pasó sobre él con la misma indiferencia que él había mostrado momentos antes. El segundo cuerpo estaba lleno de moretones y con varios huesos rotos. Ver su rostro me hizo apretar la mandíbula. Uno nunca se termina por acostumbrar a la muerte de un pequeño inocente. Y menos cuando tu designado la provocó.

Mi mente, contaminada por las palabras de mi mentor, colocó una sonrisa en mi rostro al saber que sería la primera alma en mucho tiempo en no recibir ni una pizca de empatía de mi parte. Solo que me era inevitable no sentirla al encontrarme frente a frente con un fallecido asustado y sorprendido al ver su cuerpo aplastado y cubierto de sangre.

—Francisco Cruz, tu travesía en este mundo ha llegado a su fin. La vida que tuviste no será juzgada más que por ti mismo. Lo que has vivido no se mide en términos de bondad o maldad, ya que, a diferencia de las creencias humanas, las Parcas no somos juezas de tus acciones. Deseo que en este tiempo puedas hacer las paces con tu consciencia. Mi única tarea es guiarte hacia el más allá, por lo que te pido sujetes mi mano hasta que hayas cruzado el umbral. Si tienes alguna duda, puedes hacerla.

Fue extraño leer de nuevo mi guion. Y también difícil reconocer que no era tan malo y ambiguo como lo recordaba. Carecía de encanto, pero la esencia ahí estaba.

—¿De qué hablas? —Las quejas de Francisco me regresaron a la realidad—. No. No estoy muerto.

Estuve a punto de explicarle hasta que recordé las instrucciones de mis superiores. "Te apegarás al guion que te otorgamos y detendrás cualquier intento de conversación".

Se complicó aún más cuando, arrodillado, me exigió una segunda oportunidad. Lloraba y me gritaba con ahínco. Era una rara forma de pedir clemencia. Lo sostuve de la mano y otra vez, con esa podredumbre que aprendí de mi mentor, empecé a arrastrarlo. Rápido reflexioné en que entre más tardara en cruzar el umbral, tendría más tiempo para pensar en una solución al castigo de Rebeca. Francisco aprovechó mi indecisión y huyó después de empujarme. Verlo de espaldas me hizo recordar el accidente de antes. El miedo del niño y sus ojos vacíos de vida provocaron una ira que ningún humano me había hecho sentir. Y en ese momento, la falta de cuerpo ralentizó la huida de mi designado. Fui tras él con los puños apretados.

—¡FRANCISCO! —grité con todas mis fuerzas—. No te conviene dar un paso más. Solo retrasas lo inevitable.

—¿Para qué te sorprendes? Ya sabes que así son. —La voz de otra Parca detuvo mi carrera. El alma del niño estaba sentada a su lado, todavía impactada por lo sucedido. Al menos era tranquila y no exaltada como otros pequeños a los que había tenido que guiar—. Córrele o no lo alcanzas.

—Espérame aquí —le grité mientras continuaba la persecución—. No te atrevas a irte. Necesito hablar contigo.

Me contestó con un "Entonces apúrate" que apenas logré escuchar por estar detrás de Francisco.

Corrí como nunca antes. Llevaba una buena distancia de ventaja, pero algo que no preví es que le costaría tanto escapar. No es lo mismo correr en vida que huir en forma de alma. Rápido le di alcance, aunque no lo detuve de inmediato. Ya no me arriesgaría a razonar con él. Me beneficié de la amplia variedad de árboles distribuidos en la ciudad para colocarme a un lado de Francisco y calcular el empujón que le propiné. Así como cuando murió, no encontró de dónde agarrarse y fue a dar directo al portal que abrí un segundo antes de que lo cruzara. No hubo despedida. Lo último que escuché fue un grito de desesperación. Sigo sin saber qué encontró en el más allá, pero espero ahí haya reflexionado sobre la muerte que carga en sus hombros. Aunque por más que trato de recordar, no sé si se enteró del destino que le escribió al niño.

Es una gran ventaja que no tengo pulmones que se cansen de correr, así que con prisa volví con mi hermana la Parca. Esta vez no me iría con rodeos, necesitaba hacer las preguntas correctas sin tanto trámite.

—Pensé que tardarías más. —Me recibió con una sonrisa burlona.

—¿También tienes la grieta?

—¿Acaso no la tenemos todas? —preguntó con genuina curiosidad.

—Al parecer no, pero sí somos muchas. ¿Cuál es el método que usas?

—Todavía no lo perfecciono porque antes me funcionaba bien con la gente mayor, pero ahora que mi mentor me cambió a trabajar con niños, no es lo mismo.

—Sí, los pequeños son más difíciles. Son los que más duele ver morir. —Divagué, y dándome cuenta de lo que había dicho pregunté—: Espera, ¿a qué te refieres con que te cambió a trabajar con niños?

—Lo que te digo. Un día me dijo que ya llevaba mucho tiempo con los designados fáciles, y al estar encargado de asignar las almas a todas las Parcas, haría el cambio de inmediato.

La sorpresa hizo que mis piernas flaquearan. Por eso resonaban tanto las palabras de mis superiores a la hora de reprochar mis errores. "La primera vez fue una advertencia, la segunda tiene consecuencias". Ellos jamás me impusieron un castigo, fue una sentencia con dolo por parte de mi mentor. Al principio no comprendía qué lo llevó a tomar esa decisión, pero supuse que su intención siempre fue arrebatarme mi propósito. Hacer que me rindiera ante la nueva dificultad. Seguía sin procesar la información cuando mi hermana Parca preguntó:

—¿No fue lo mismo para ti?

—Me mintió. —Sentí la angustia llenarme—. Él dijo que había sido un castigo de los superiores.

—¿Castigo?

—Un humano me vio. —La observé ponerse nerviosa ante esas palabras—. Adelantaron su muerte como llamada de atención. El primer error fue una mera advertencia, la segunda una consecuencia. Eso solo puede significar...

¿Acaso podría apelar con los superiores que antes ya había recibido mi castigo? ¿Sería suficiente para salvar a Rebeca de una inminente muerte? No lo creí así. La advertencia, así como con Lalo, era el fallecimiento del humano. La sanción era independiente. Mi mente volaba a gran velocidad a través de los miles de escenarios que se me ocurrían. En todos fallaba. Cada uno terminaba con Rebeca tres metros bajo tierra y gente alrededor del féretro. Al menos los pocos familiares que le quedaban. Entonces mi mente llegó a algo.

—¿El mentor te ha contado sobre su cicatriz? —pregunté apresurada.

—No sabía que él tenía una —me contestó intrigada.

—¿O estás enterada de las veces que ha provocado la muerte de algún designado? —Me miró con ingenuidad. Al ver que no respondía insistí—. Habla.

—No entiendo tu pregunta. Esa es parte de nuestra labor.

—¿Hablas en serio?

—Él me dijo, desde el día en que nací, que en cuanto un nombre apareciera en la libreta debía buscar la forma de provocar su muerte. Claro, tenía que parecer accidental. —Aun al ver lo irritada que estaba decidió explicar a ritmo pausado. Seguía confundida gracias a mi pregunta—. Por eso te dije que era más fácil con los de la tercera edad. Con ellos es más sencillo hacer que parezca un accidente.

Maldije a mi mentor una vez más. No le bastaba con lastimar a sus propios designados. Su obsesión era tan grande por castigar a la humanidad que empezó a entrenar a varias Parcas con sus crueles ideales.

—¿Y tu guion? ¿No lo recibiste?

—Me dijo que eran obsoletos. Que los superiores le habían dado la indicación de enseñarme la forma correcta.

Mis puños apretados contenían la ira que mi mentor me provocaba aun sin estar presente. Aunque dentro de mí no paraba de agradecerle por la moneda de cambio que me otorgó. Pediría la vida de Rebeca como intercambio por revelar sus malas prácticas. Los superiores podrán ser crueles, pero son fieles creyentes de su sistema. A sus ojos es perfecto, así que cualquier intento de modificarlo sin su permiso tendría repercusiones. Por una burda sensación de superioridad moral temía echar de cabeza a mi mentor; pero Rebeca era más importante que cualquier ideal.

Abrí mi libreta para comunicarme con mis superiores cuando lo vi escrito bajo el nombre de Francisco. Ya no tenía tiempo. Era obvio que mi mentor esperaba que terminara esta tarea para darme de inmediato la siguiente.

Tenía dos opciones. La primera era ir con Rebeca. En cualquier momento moriría. Ignoraba si tomaría un par de minutos o varios días, pero estar a su lado me permitiría tener un poco de control de la situación, hacer que su muerte fuera lo más pacífica posible y asegurarme de una transición igual.

La segunda era ir con mis superiores para rogar por su vida. Intercambiar la nueva información por una oportunidad más. Lo cual involucraba confiar en que la muerte de Rebeca tomaría más tiempo del que mi reunión con los superiores podría durar. Me asustaba esta opción porque sabía las mañas e intenciones de mi mentor. No dudaba que sería capaz de ir con Rebeca para adelantar la hora de su fallecimiento y así asegurarse de mi sufrimiento.

—¿Estás bien? —preguntó mi hermana Parca.

—Cuida a ese niño. —Señalé el alma del pequeño. Antes de irme indagué temerosa—: ¿Cómo provocaste su muerte?

—No pude hacerlo con tanta gente alrededor.

Respiré con alivio.

—Habla con los superiores. Nuestra labor es guiar después del deceso, no originarlo. —Me dolió pensar en todo el daño que hizo esta Parca y las muchas otras que siguieron al pie de la letra las instrucciones de un mentor lleno de rencor y frustraciones.

“Rebeca Garza” leí en mi libreta. No tenía más tiempo para pensar. El reloj de arena había dado la vuelta y cada grano me acercaba más a la muerte de mi única amiga. Dejé de perder esos valiosos minutos y me fui a la última página. Escribí con urgencia ese mensaje.

Capítulo 22

Esperé. Las paredes parecían acercarse cada vez más, como si trataran de asfixiarme. Esa oficina me ponía nerviosa. Estuve más tiempo del que quise sentada en una esquina. Mi respiración agitada y el incesante movimiento de mi pierna me recordaba lo rápido que un reloj de arena cumple su ciclo. El silencio hacía mucho ruido en mi cabeza, así que la única manera de controlarlo fue conocer mejor el lugar. Di vueltas y admiré la madera áspera que le daba una forma única a la habitación. Me fijé en la máquina de escribir que, con una sola hoja en blanco, estaba llena de polvo. Con mi dedo huesudo retiré una telaraña del escritorio que también se encontraba cubierto de suciedad. Era evidente su falta de uso.

El único objeto con el que no había interactuado era la cuerda en el extremo contrario a la mesa. Caminé hasta ella y noté que no estaba sostenida del techo, sino que lo atravesaba sin poder ver el resto. Su lado dentro de la habitación no era largo, pero sí lo suficiente para ser alcanzada sin dificultad. Tocarla fue como viajar a mi existencia en el siglo XIX. Su función era la misma, generar desesperación en quien la sostuviera en sus manos. Y con un impulso que provino del aire comencé a moverla. Una campana se empezó a escuchar en la lejanía. El tiempo avanzaba, no sabía con qué prisa lo hacía, pero al desconocer si era de día o de noche moví con insistencia la cuerda que arrancó de un tajo el silencio. ¿Rebeca estaba muerta? ¿O todavía tenía unos minutos más?

—Queremos creer que sabes la función de la campana. —Volteé en dirección al escritorio. Por fin las tres figuras hacían acto de presencia.

—No hay tiempo que perder. —Me acerqué con premura—. Como les dije en mi mensaje, mi mentor está arruinando su preciado sistema.

—Recordamos a un sepulturero de hace apenas un par de siglos... —continuaron con su historia; me hice a la idea de que entre antes terminaran, más pronto me escucharían— había trabajado en ese cementerio más años de los que podía contar con sus dedos. El frío de la tierra, el peso de la pala y el dolor de espalda eran sus compañeros de toda la vida. Estaba muy cómodo rodeado del silencio de los muertos hasta la noche de 1829. El viento trajo consigo un sonido extraño mientras acomodaba unas lápidas. Creyó que su mente lo había imaginado y siguió con su tarea, pero ahí estaba otra vez. Un tintineo leve. Se quedó petrificado y miró alrededor. Esperaba que un niño saliera y revelara que todo era parte de un juego. No había nadie. Caminó con cautela hasta el lugar de donde provenía el ruido. Encima de una de las tumbas más alejadas, una campana se agitaba con frenesí. Su rostro se torció cuando entendió que el movimiento que la hacía moverse emanaba de la tierra. Soltó la pala y corrió al pueblo entre gritos de que uno de los muertos llamaba desde su tumba.

"Con lámparas y herramientas cavaron impacientes. Al destapar el ataúd se encontraron con el cuerpo de un hombre enterrado apenas un día antes. Sus uñas estaban desgastadas y su boca abierta en un último grito. Era demasiado tarde.

Hicieron una pausa para sentarse en las tres sillas que aparecieron frente a mí. Las observé con la misma exasperación que debió experimentar el sepulturero al advertir que no había nada que hacer por el muerto.

—Sabes, en algunos lugares la gente temía tanto ser enterrada viva, que comenzaron a utilizar esas campanas. —Señalaron la cuerda que seguía con un ligero movimiento—. Las amarraban a las muñecas del difunto para que tuviera una última oportunidad de pedir ayuda. Con el tiempo los humanos encontraron algunos métodos más modernos, pero lo arcaico de la campana siempre nos ha fascinado. Además de que nos hace recordar lo poco que nos conocen los humanos. El hecho de que varios hayan muerto y dejado rasguños en la madera habla del poder que tenemos sobre ellos.

—¿A qué se refieren?

—Nadie se burla de nosotros. Cuando entre humanos se asesinan es porque estuvo dentro de nuestros planes. Si llegan a vivir casi un siglo es porque así lo quisimos, igual que cuando mueren en la infancia. —Sus rostros se mantuvieron en las sombras, pero por su postura noté el rencor con el que vivían. El tono de su voz se alteró, lo que logró que sus siguientes palabras se sintieran como una amenaza—. Al enterrarlos vivos cambian el propósito de su muerte. El diseño que hicimos de su existencia. Y la campana nos regresa el control sobre ellos. ¿Quién sabe? Tal vez esta misma noche, en algún rincón, una vuelva a sonar.

A la distancia, y con poca frecuencia, sonaba lúgubre el sonido de la campana que había despertado momentos antes.

—Algo querías contarnos.

—Sí. Les comentaba que el mentor que nos fue asignado no ha cumplido con su deber como ustedes desearían. —Me espabilé y apresuré mis explicaciones—. Desde hace un par de meses se me han asignado almas jóvenes, a diferencia de las muchas décadas en las cuales tuve designados de la tercera edad. Comprendo que con el tiempo las Parcas crecemos y, como símbolo de ese desarrollo, se nos atribuye un proyecto más complejo. Sin embargo, tengo la certeza de que ese cambio fue realizado con dolo. Desde que descubrí mis emociones, a raíz de la pedrada, mi mentor no ha hecho más que decirme lo mediocres que somos al buscar ser empáticas con los humanos. Y con eso en mente, su motivación se convirtió en hacernos creerlo. Reconozco mi error al dejarme ser vista por Lalo. Y recuerdo con claridad sus palabras al decir que esa era mi primera advertencia. Solo que sin que se enteraran, también hubo un castigo en su nombre. Mi mentor mintió al decir que ustedes lo habían instruido.

—Es verdad que nosotros no te impusimos ese cambio, pero aun así, tu mentor tiene la libertad de asignar las almas a quien crea necesario.

—¿Y también es necesario adelantar las muertes de los humanos escritos en la libreta? —reproché. Se miraron entre sí con clara confusión. Señalé la cuerda que ya estaba inmóvil—. ¿No es una burla al plan que ya trazaron?

—Las mentiras no te harán salvar a Rebeca. Si eso es lo que buscas.

—Nuestro mentor lo ha hecho. Lo vi con mis propios ojos. Se quitó el sombrero para girar el volante de un taxista. Y eso no es lo peor, mi último designado murió en un incendio junto a un niño. La Parca encargada del pequeño me aseguró que desde el día de su nacimiento se le ha instruido para provocar su fallecimiento.

—¿Cuál era el nombre del niño? —cuestionaron con intriga—. Esa Parca debería ser interrogada.

—Lo desconozco. No se me ocurrió preguntarle.

—Demasiado conveniente.

—Tanto poder sobre los humanos, ¿y se les complica saber cuál de sus Parcas guio a un niño el día de ayer en un incendio?

Con furia se levantaron de sus sillas. Apartaron el escritorio en un movimiento y se acercaron intimidantes. Permanecí estática en donde estaba. No permitiría que me vieran de nuevo con la cabeza gacha.

—¿Por qué seguimos perdiendo el tiempo con esta Parca? —se preguntaron entre sí.

—La razón es clara. Ustedes desperdician nuestras emociones, las cuales son conscientes que pueden ayudar al sistema que tanto presumen de perfeccionar. Nos asignaron a un mentor que piensa en sus ideales como la regla. Tan así que no teme saltarse su autoridad. No miento cuando les digo que asigna de manera imparcial los designados, o al contarles que adelanta las muertes de los mismos con tal de trabajar más rápido. Él dice que nuestra labor es mediocre sin darse cuenta de que se asegura de mantenerlo así. Permítanme decirles que su estructura no es perfecta.

—Ese es el problema de otorgarles sus emociones. Se encariñan tanto con los humanos que se vuelven capaces de manipular la información para beneficio propio —dijo uno de ellos mientras caminaba de regreso a su silla.

—Lo más probable es que hayas malinterpretado las acciones de tu mentor —me contestó otro.

—Si es así, ¿por qué no lo cuestionan?

—No tendría sentido hacerlo —dijo el último después de acomodarse en la silla.

Me quedé callada al entender la cruda verdad. De nada sirve tocar la campana, si nadie está dispuesto a escucharla. Mis superiores estaban tan orgullosos del poder que cargan en sus manos, que jamás se darían cuenta del daño provocado. Recordé las palabras de Rebeca sobre el altruismo que se hace desde el ego y perdí la esperanza de salvarla. Mi corazón se estrujó. La grieta en mi costado se abrió hasta que las astillas rasgaron mi camisa. Pronto esas conversaciones en el coche se convertirían en una memoria lejana, y solo había dos formas de recordarlas. Con la sensación de pérdida total, o la idea de que fui afortunada de tenerlas. Así que con la tristeza ahogando mis pensamientos supe que aún podía hacer algo.

—Tanto mencionaron la importancia de lanzar la piedra. Ayudar a los humanos al volver empáticas a las Parcas. Pero a aquel que escogieron como su mano derecha se encargó de manchar los resultados. Aun con los terrores que me ha traído sentir enojo, tristeza y alegría, agradezco que me hayan otorgado esas oportunidades. Hacen bien al buscar que seamos mejores guías, pero el mentor se ha encargado de desmotivarnos a muchas. Incluso al punto de dejar a un lado nuestro método.

—No son las acciones de tu mentor, sino la idea de que no pueden ayudar a todos. —Lo defendían con insistencia.

—Mis cartas sí funcionaban con todos —mentí con descaro—. Tenía algunas fallas, pero siempre cumplía su propósito. Al descubrir que las almas, en cada ocasión, se quedaban con palabras que desearían haber dicho, supe que tener la oportunidad de expresarlas las lograba calmar. No importaba si permanecía el dolor de su fallecimiento o las penas que las embargaban por dejar atrás todo lo que tenían. La carta les permitía soltar esas emociones que tantas cicatrices producen si las ocultan. Y más al albergar la esperanza de que el destinatario las leería. Cuando les propuse implementarlo dijeron que no era perfecto, pero jamás han hecho el esfuerzo por ver los resultados.

—¿Eres tan arrogante como para presumir que tu método es el indicado?

—Déjenme probarlo. Una última vez. Esta vez vigilen cada paso en el proceso. El siguiente nombre es el de Rebeca. Con ella entenderán lo perfectas que son las cartas para generar una transición amigable. Y si por alguna razón notan que no es así, dejaré de usarlas. No volveré a insistir. —De nuevo se miraron entre sí. Estaba cerca de lograr mi objetivo, así que persistí—. Con esto les demostraría que su sistema tiene fallas o podrían pregonar sus carentes desperfectos. Además, una oportunidad es lo que merecemos las Parcas después de que, sin nuestro consentimiento, nos cambiaran la vida con esa piedra.

No escuché ni una palabra más de parte de ellos. Alcancé a verlos asentir. Y al igual que una flor arrancada, pensé en el poco brillo que me quedaba antes de marchitarme. Rebeca moriría, pero no lo haría sola. Tendría su oportunidad de usar la carta. Y para ese punto no me importaba si los superiores rechazaban mi método. Me daba igual si creían que había fallado. A Rebeca la acompañaría una Parca empática, una que encima la quería. Dejaría su vida atrás consciente de que quien la guía al más allá se esforzó en darle la mejor de las transiciones.

Sin darme cuenta estaba de vuelta en el recinto donde varios listones amarillos restringían el paso de las personas. La puerta principal estaba cerrada, pero en el suelo quedó la marca del incendio. No era necesario ver el interior para darse cuenta de que el lugar estaba destrozado.

La luna brillaba sobre aquellos que seguían cerca de ahí. No sabía cuánto tiempo había pasado en la oficina de mis superiores, pero era momento de irse. Alguien muy querido me necesitaba y tenía el presentimiento de que el reloj había dejado caer su último grano de arena.

Capítulo 23

Rebeca había perdido a su madre, a su padre, a sus abuelas, a su prima, a sus tías y a Melisa. Y su siguiente encuentro con la muerte sería para perder la oportunidad de una vida larga. Traté de convencerme de que no era mi culpa. Que en el gran esquema trazado por mis superiores, su nombre estaba destinado a aparecer en la libreta de cualquier Parca. Yo tenía la suerte de acompañarla a cruzar el umbral al más allá, decirle que se reuniría con su Tita una vez más y sostendría la mano de su madre.

No me creí esa vil mentira por más que la repetía mientras me dirigía apresurada hasta su casa. Me sentía débil, aunque la adrenalina de lo que estaba por hacer mantuviera fuertes mis piernas. Miré en repetidas ocasiones mi libreta para asegurarme de que su nombre seguía ahí. Deseaba que la tinta desapareciera, dándome un nuevo inicio. Practiqué las palabras que usaría e imaginé las distintas reacciones que podría recibir. Lloré mientras advertía que en poco tiempo estaríamos las dos frente a un árbol. Jamás la volvería a ver. Nadie más me ofrecería su hombro. Me dolía pensar en su rostro abundante de decepción al saber que era mi culpa.

A lo lejos vi su puerta y me detuve en seco. No me sentía lista, pero la inercia me hizo dar un paso, luego otro. Atravesé el portón café, en él estaba estacionado el coche en el que tuvimos tantas conversaciones. Estaba vacío. Caminé hasta la puerta que daba paso al interior de la casa. Antes de sostener la chapa miré al suelo y recordé la imagen que gracias a Rebeca tengo tatuada en mi cabeza. Esas cartas esparcidas, cuyo contenido recuerdo como el día en el que fueron escritas. Atravesé el pasillo que me llevó a la cocina. Era la primera vez que entraba en ese hogar. Me familiaricé con las pequeñas habitaciones de la primera planta. Vacías. Subí las escaleras y encontré el cuarto de Rebeca. La puerta estaba abierta, y aunque era común que entrara a visitar a mis designados en donde estuvieran, creí invadir su privacidad. Además de imaginar la angustia que sentiría si no la encontraba dormida en su cama.

La luna entraba por la ventana e iluminaba la tela blanca de las sábanas que oleaban lentamente con su respiración. Había llegado a tiempo. La calma ganada me hizo dejar de asomarme y decidí entrar. Su escritorio estaba repleto de hojas arrancadas de un cuaderno lleno de rayones. Había una computadora apagada y una mochila vacía. Advertí las distintas marcas de la taza de café apoyada tantas veces. En un mueble había una colección de libros: *Frankenstein*, *Cumbres Borrascosas*, *Ana de las Tejas Verdes* y muchos más. A un lado de la ventana, sobre una silla, estaba la ropa que usaría al día siguiente en el trabajo. Se hizo un nudo en mi garganta. Me mantuve firme al mirar todo a mi alrededor y sentí un inmenso disgusto. No soportaba observar las cosas que significaban tanto para Rebeca. Salí de ahí en un santiamén y fui a sentarme en las escaleras. Ahí, entre el primer y segundo piso, me quité el sombrero y lo lancé lo más lejos posible. Apreté los puños y fruncí el ceño. Estaba desamparada, sin una posibilidad de levantar el ánimo. Sabía que la única persona capaz de hacerme sentir mejor, tampoco lo lograría. Maldije otra vez a mis superiores, a mi mentor, a la libreta con su tinta indeleble y al sombrero que por tanto tiempo me mantuvo en las sombras. Me hartaba creer que mis días estaban malditos. Siempre consumidos en plegarias, con el anhelo de no ver ni un alma más. Por un descanso.

Dejé caer el peso de mi cabeza sobre mis hombros y espalda. Miré hacia el techo blanco. Recordé con pena todos los techos bajo los que había estado. Los que me habían dado albergue junto a mis designados. Dándome la oportunidad de observar sus vidas y reflexionar sobre cada una. Las muchas puertas abiertas, lo oculto tras las cortinas de cada ventana, pero fueron pocas las ocasiones en las que me fijé en la parte más importante de un hogar. Mi mirada recorrió todo el techo hasta dar con un foco apagado que colgaba de un hilo tan delgado que en cualquier momento caería. Cuando sucediera, quizá no habría nadie para escuchar el estrepitoso sonido del vidrio al romperse.

Mis manos aún temblaban cuando llegó el amanecer. Poco después escuché una alarma que siguió por varios minutos. Me levanté y caminé con desconfianza hasta la habitación. Ahí estaba Rebeca, sentada sobre su cama con la mirada rota en dirección a la ventana. En el mismo lugar, su cuerpo recostado había dejado de respirar.

La vi girarse con lentitud hacia mí. Sus ojos proyectaban pánico. Al principio, no entendía. Miró sus propias manos etéreas y trató de apagar la alarma que de forma incesante soltaba su pitido. Después notó su cuerpo inerte y la comprensión cayó sobre ella como un yunque.

—No... No... —Su voz se estremeció—. No puede ser cierto, Par.

En respuesta salieron lágrimas de mis cuencos. ¿Qué diablos se supone que debía decir? Aquellas palabras que tanto le confié al viento, se las llevó. A cambio me devolvió un silencio agobiante.

—¿Ya lo sabías? —exclamó. Se escuchaba la decepción y el enojo en sus palabras—. No me dijiste nada. ¿Estuviste siguiéndome todo este tiempo?

Traté de acercarme, pero ella retrocedió unos pasos. La intensidad de la alarma incrementó.

—Anoche llegué a tu casa —le aseguré—. Pero sí, lo supe desde hace unos días.

—¡Hiciste una promesa! —me gritó ya con las mejillas humedecidas. La punzada en mi costilla se agudizó—. Dijiste que mientras tú estuvieras a mi lado nada me sucedería.

Quise explicarle la situación. Que justo mi presencia es lo que provocó su pronta partida. Que mi deber era guiar, no decidir. Las palabras se quedaron atoradas en mi garganta. Rebeca lo notó y su alma desvió la mirada para tumbarse de nuevo en la cama. Su respiración agitada, aunque ya no tenía pulmones, mostraba la tormenta que la rodeaba.

—No quiero irme, Par —susurró.

—Lo sé —contesté en voz baja. Mi mente, como la de ella, estaba rota, quemada y exhausta. No queríamos más pérdidas, pero en vida o no, estamos todos destinados a tenerlas.

—¿Es porque te vi? —preguntó resignada.

—¿Cómo?

—Según tus reglas está prohibido que interactúes con los humanos. —Posó su mirada sobre mí—. ¿Esto es lo que pasa cuando alguien te ve?

—No era mi intención ocasionar todo esto. —Me arrodillé junto a ella—. Es injusto que el castigo que me imponen afecte a alguien a quien quiero.

—Llevas mucho tiempo en este mundo como para creer que existe algo parecido a la justicia.

—Y aun así no dejo de cometer el mismo error.

—Espera. —Interrumpió molesta—. ¿Más humanos han muerto gracias a ti?

Sus palabras se clavaron en mi costado como una navaja.

—Uno más.

—¿Y todo este tiempo supiste que esa era la consecuencia y no me lo dijiste? —gritó desesperada—. ¿Qué carajos, Par? Al menos una advertencia para no ilusionarme con una vida larga. Me visitabas todo el tiempo. Me contaste tantas cosas. ¡Hablamos de la vida! Pero nunca pudiste decir "Oye, Rebeca, ahora que somos amigas, déjame te digo que mis superiores me instruirán matarte lo más pronto posible". Esto es una mierda.

Su voz se rompió al final.

—No. No. Es un error. No puede estar pasando. Tenía planes, cosas que hacer hoy. No me graduaré. El trabajo que tanto me costó conseguir verá una silla vacía un par de semanas más en lo que contratan a otra persona. —Levantó la vista, como si esperara una solución de mi parte—. Carajo, Par. Tenía una pinche vida.

La habitación se llenó con su furia y exasperación. Traté de abrazarla y me apartó tajante. Se levantó y me empujó con las palmas abiertas y un grito de ira en la garganta.

—Di algo, carajo.

El golpe me hizo tambalear. No fue fuerte, no en realidad, pero había tanto rencor en él que me sorprendió. No pronuncié ninguna palabra con tal de ayudar a que descargara su rabia.

—¡Por favor! —Me golpeó el pecho de nuevo, esta vez con más fuerza. Sus manos estaban frías y temblorosas. Sabía que no lograría nada, pero eso no la detuvo. Cerró los puños y comenzó a golpearme sin control. Pura furia que la desgarraba por dentro.

No me defendí cuando empezó a sacudirme. Necesitaba sacarle a la muerte una respuesta. La impotencia hizo que sus dedos se clavaran tan fuerte en mí que, si hubiera tenido carne, me habría dejado moretones. En ningún momento sus golpes me hicieron daño, pero sus emociones tan viscerales dirigidas a mí, sí terminaron por abrir más mi grieta.

—Devuélveme —me suplicó. Su voz se quebró a mitad de la frase—. ¡Dímelo! ¡Dime que puedes arreglar esto!

Toda su fuerza no cambiaría lo inevitable. Aunque cuando la furia en su rostro se quebró de repente y sus manos se aflojaron, soltándome poco a poco, hubiera deseado que fuera así. Su respiración entrecortada se volvió un sollozo ahogado. Y entonces, la rabia desapareció. Dio un paso atrás y se llevó las manos al rostro.

—No es justo… —Sus piernas temblaron y se dejó caer de rodillas.

Me arrodillé a su lado. No intenté tocarla ni tampoco hablar. Solo me quedé ahí y esperé. Ella permaneció en silencio un largo rato. Luego se frotó los ojos y dejó escapar un suspiro.

—Está bien, Par —dijo al final—. Al menos iré con mis papás y Tita, ¿verdad?

—Así es —ya no estaba segura de si era mentira o no—. Lamento mucho que esto sucediera así. Jamás querría hacerte daño. No tienes una idea de lo importante que eres para…

—¿Puedo ver tu libreta? —interrumpió.

Se la di con cierta incertidumbre y recorrió todas sus páginas hasta llegar a donde estaba su nombre escrito.

—Al menos apareció en la tuya.

—Ojalá no estuviera en ninguna —repliqué. La culpa hizo que por un buen rato no pudiera dirigirle la mirada. Era difícil ver a los ojos a quien condené con mis errores.

—Ya me acostumbré a que mis intentos por ayudar a otros terminan con el disparo saliendo por la culata. Es momento de que también tú lo entiendas.

Esperó una respuesta de mi parte. No sabía qué decirle.

—Pero voltea a verme —exigió con firmeza y sin pensarlo dos veces cumplí la orden—. No te atrevas a seguir tratando esta situación con lástima. Entendí que no era tu intención que esto sucediera, pero aun así pasó.

—Eso no significa que deje de sentirme culpable.

—También la he cagado en muchas ocasiones, como en esa última discusión con Melisa. Pero de lo que más me arrepiento es de haber cortado la palabra. Mirar a otro lado por pena o rencor. Incluso ahora siento esas ganas de disculparme con ella.

—Todavía estás a tiempo de hacerlo. —Temí sonar insensible con esas palabras.

—Sabes, Par, las cosas te van a seguir saliendo mal no por la falta de conocimiento humano, sino porque el caos forma parte de nosotros. Pero no dejes que eso sea motivo para dejar de ayudar.

—No sé si me quedan fuerzas para seguir.

¿Qué sucedería si Sísifo decidiera quedarse para siempre en la base de la montaña?

—A veces sobrevivimos a una vida que no nos trata bien. Hasta que alguien nos recuerda que todo el tiempo hubo una razón para hacerlo. —Volvió a frotarse los ojos y continuó—. Esa persona fuiste tú, Par. Me demostraste ser más humana que otros. Y me reconforta haber sobrevivido a la muerte de tantos familiares, porque eso me llevó a conocerte a ti.

—Después de ti, me asusta pensar que no habrá nada más.

—Puedes quedarte con la satisfacción de que me has ayudado más de lo que creías posible. —Extendió su mano—. ¿No se supone que deberías darme papel y pluma para escribir mi carta?

Ambas reímos y su sonrisa me provocó una nostalgia profunda. En cuanto estaba por empezar me miró con capricho.

—Te agradecería mucho un poco de privacidad, Par.

—Lo lamento. —Era común que me alejara al verlos redactar su carta. Ya me había hecho a la idea de que mi presencia les incomodaba. No sé por qué creí que con Rebeca sería distinto.

De camino al árbol de jacarandas me entregó la hoja doblada. Ella tenía la mirada baja y los hombros caídos. Lo que escribió revivió el dolor de saber que no podría hacer lo que tanto soñó en vida.

—Es extraño —dijo con voz suave—. Siento que debería estar llorando, pero no puedo.

No quise contestar porque yo resistía las lágrimas que ella no podía soltar. Así que caminamos un poco más en silencio. Entramos a una calle solitaria y fueron las flores moradas en el suelo las que nos indicaron que el momento de la despedida se acercaba. Al ver su tronco a lo lejos se detuvo y miró alrededor.

—No quiero olvidar esto. —Se giró hacia mí con una expresión que no supe leer del todo—. ¿Crees que recordaré algo?

—Tampoco las Parcas conocen lo que hay detrás del umbral —contesté abatida—, pero me gustaría creer que sí.

Su ceño se frunció con tristeza.

—Quiero recordarte.

Ese golpe fue más fuerte que cualquiera de los que me había dado antes. Así que solo levanté mi mano y toqué la suya. Esta vez, ella no intentó apartarse.

—Si no me recuerdas —dije al final—, yo lo haré por las dos.

Rebeca desvió la mirada con una de esas sonrisas ligeras y tristes. Volvió a caminar, la seguí. El portal ya estaba cerca. Sus bordes brillaban con luz cálida sobre el tronco que prometía el descanso que tanto necesitaba.

—Antes de que cruces... —saqué de mi bolsillo las tres cartas que ella le había escrito a sus familiares que la esperaban en el más allá— creo que es pertinente que tengas esto. Para que a la hora de hablar con ellos, no olvides las palabras que les guardaste.

Las sostuvo en su mano y con una risa reprimida dijo:

—Sabía que no las entregarías.

—Tenía la intención de hacerlo, pero no tuve el tiempo suficiente.

Creí que sin esas cartas en mi bolsillo, se replicaría la sensación de haberme deshecho de todas las otras. Pero la fatiga incrementó, así como el peso de mi traje sobre mis hombros. Mi grieta se astillaba con más intensidad y mi rostro lo reflejó.

—¿Estás bien?

—Sí, solo que mi costado duele.

—¿Puedo hacerte una última pregunta?

Asentí.

—¿Por qué te importo tanto? —Sus ojos buscaron los míos—. Soy solo otro nombre más en tu libreta.

Le sostuve la mirada.

—Eres la única persona que se ha dado el tiempo de conocerme. De ver más allá del monstruo que los humanos ven. Para mí, nunca fuiste solo otro nombre.

Ella parpadeó sorprendida hasta que su expresión se suavizó y asintió.

—Gracias por tanto, Par —murmuró—. Por todo el cambio que has hecho en el mundo. Sobre todo en el mío. Estoy segura de que nos veremos en el futuro. Esta no será nuestra última conversación, te lo prometo.

—Te quiero, Rebe. —En un impulso, la abracé.

—Yo a ti. Eres una gran amiga.

Entonces, con ese abrazo final y esa pequeña sonrisa nostálgica, cruzó el umbral. Y ahí me quedé, sin perder de vista su silueta que se desvanecía en la luz.

Descansé un rato sentada sobre las raíces del árbol. En mis manos tenía la carta que Rebeca le había escrito a alguno de sus familiares vivos. Una parte de mí deseaba leerla para tratar de calmar el luto, pero también presentía que me haría más daño. Después de unos minutos me convencí de que esa sería la única forma de volver a empujar la piedra hasta la cima de la montaña. Desdoblé la hoja y comencé a leer. La primera oración bastó para que me derrumbara. Supe que esa roca jamás volvería a moverse.

> *Querida, Par:*
> *Dices que no sabes cómo seguir adelante. Y te aseguro que ningún humano en toda su vida lo ha sabido hacer. Simplemente nos levantamos después de tropezar, aun estando conscientes de que volveremos a caer.*

Pausé la lectura entre lágrimas. Me costaba creer que era yo la afortunada recipiente de su carta. Estaba segura de que habría más familiares a los cuales pudo destinarles algunas palabras, pero decidió dirigirlas a mí.

Lo tuve claro de un momento al otro: mis superiores encontrarían fallido mi método, pero eso era lo que menos importaba. No estaba dispuesta a seguir por ese camino.

Leí sin parar hasta la última palabra. Doblé el papel con una nueva promesa que me aseguraría de cumplir.

Guardé el único recuerdo físico de ella en mi bolsillo. La carta ralentizaba mi caminar con su inmenso peso, aun así, jamás me desharía de ella. Cargaría el dolor del recuerdo de haber sido querida.

Pensaba actuar pronto. Ni siquiera mis superiores podrían quitarme esta idea. Mi destino era estar para aquellos que descansan bajo la tierra.

Capítulo 24

Siempre fui una guía. Un paso final en la historia de cada alma. Mi deber terminaba cuando cruzaban el umbral y reiniciaba en cuanto un nuevo nombre me era asignado. Después de perder a Rebeca decidí no continuar con ese libreto. En ese momento, mi propósito era acabar el trabajo que me impuse en cuanto la piedra cayó sobre mí: aliviar las penas de mis designados.

Aunque dejar las cartas atrás me quitó peso, de camino a una vieja y conocida ciudad, lamenté no tenerlas a la mano para entregarlas. Eso no me detuvo cuando llegué a esas ya conocidas calles empedradas, húmedas por la llovizna constante. Pasé por debajo de los arcos del acueducto y poco antes de llegar al primer hogar, el olor del pan de nata y el café que se colaba de algunas panaderías me trajo una sensación de melancolía. Al tenerlo de frente, no logré ver nada a través de las ventanas. Las cortinas estaban cerradas, así que tuve que entrar para buscar a Blanca. Sentada en una silla de madera, con la mano temblorosa llevaba a su boca el caldo de un plato casi vacío. Su mirada estaba perdida. Recorrí la casa hasta llegar a la biblioteca y sacar el mismo libro que tiempo atrás utilicé para mandar un mensaje. Entre sus páginas encontré la frase que Roberto logró recordar aun después de morir con

Alzheimer. No perdí más tiempo y regresé con su esposa que lenta se levantaba. Su plato seguía casi igual.

Me quité el sombrero y la ayudé a recoger el cuenco para que no tirara nada al suelo. Abrió con sorpresa los ojos y el temor se apoderó de ella en un instante. Se arrodilló de inmediato y juntó las manos suplicante.

—¿Eres un ángel?

—Soy la muerte. —La sostuve para ayudarla a levantarse.

—Comprendo. Llegó mi hora.

—En lo absoluto, Blanca. Me presento ante ti por un error que cometí hace tiempo.

La pena hizo que rompiera el contacto visual. Me alejé unos pasos. Con cuidado escogí mis siguientes palabras. Me sentía con la responsabilidad de honrar el tiempo que pasé junto a su esposo.

—Yo fui la encargada de guiar a Roberto el día que falleció. —Hice una pausa cuando Blanca llevó ambas manos a su boca. Aproveché mi excelente memoria y parafraseé algunas de las palabras que me dijo antes de desaparecer—. Recordarás que en sus últimos días tenía dificultades para reconocer a sus hijas, el lugar en donde estaba o hasta su propia imagen frente al espejo. Pero algo que jamás olvidó fue el amor tan profundo que tenía por ti. Antes de cruzar el umbral al más allá, se aseguró de decirme que sus recuerdos estaban más vivos que nunca. Era consciente de que la espera para reencontrarse contigo y tus hijas sería larga, pero le alegraba pensar que algún día podría decirles de nuevo lo mucho que las quiere.

Advertí el recorrido que las lágrimas tomaban al caer sobre las arrugas de Blanca.

—Bendita seas —dijo—. Extraño mucho a mi Roberto. Varios me llaman para preguntarme cómo sigo por la pérdida de mi esposo, y jamás entenderán el dolor por también haber visto morir a mi mejor amigo. Ahora los libros de crucigrama no tienen sentido si no los completo al lado suyo. Siento mucha aflicción cuando mis hijas vienen y me dicen que veamos los álbumes para recordar a su papá.

Vio el tomo que cargaba en la mano.

—Y ese libro, lo he hojeado una y otra vez. No encuentro la página con su esquina doblada. Un día la perdí y jamás recordé cuál era.

—Fue Roberto quien me pidió indicarte de dónde provenía la frase que tanto quiso pronunciar mientras platicaba contigo. —Le señalé el párrafo con mi índice sobre la hoja. Le pasé el ejemplar para darle la oportunidad de leerla—. Fue un gran hombre.

—¿Me ayudas llevando ese plato a la cocina? —señaló mi otra mano y después la habitación contigua.

Caminé con cautela. Esperaba una respuesta de su parte y lo primero que hizo fue alejarme. Lo dejé encima del fregadero. Me fijé en la cacerola que descansaba sobre la estufa apagada y noté otro plato vacío a su lado. Los viejos hábitos, tan difíciles de abandonar.

Regresé al comedor y vi a Blanca otra vez sentada en la silla de madera. Su mirada estaba perdida en el libro que de nuevo tenía un doblez en la hoja importante. Ya no lloraba, y a partir de ese momento la sonrisa nunca se desvaneció.

—Es agradable saber que pronto me reencontraré con mi Roberto. —Cerró el libro y volteó a verme—. Gracias por contarme todo esto.

—No es todo, Blanca. Mi presencia aquí no es solo para conversar contigo. También he venido a ofrecerte una última plática con él antes de que se reúnan en el más allá. —Saqué una hoja y pluma. Las coloqué sobre la mesa del comedor. Ese mismo lugar en el que vi a Roberto confundirse por ver una foto de su esposa casándose con alguien a quien no reconocía—. Si tienes algo que decirle, aquí puedes escribirlo y me aseguraré personalmente de que lo reciba.

Blanca acarició el papel y después llevó su mano al pecho, como si tratara de sacar las palabras de ahí. Sostuvo la pluma que temblaba tanto como ella y empezó a redactar su mensaje. Le ofrecí mi ayuda, pero se negó.

—Estoy segura de que él entenderá mi letra.

Y así como con mis designados, me aparté para darle la privacidad que el momento merecía.

El segundo hogar me trajo recuerdos agonizantes. Mi primer alma perdida. Mi intención no era entrar a esa casa, sino a la del vecino que solía sacrificar los desayunos con su familia con tal de darle a Javier la compañía que tanto necesitaba. Para mi sorpresa, ya no vivían ahí. No podría recoger ninguna carta.

Antes de irme, advertí una luz que titilaba en la entrada de la casa que solía habitar mi designado. Alguien residía en ella ya, y eso bastó para alentarme a entrar. La noche se escondió una vez que crucé la puerta. En la mesita del recibidor, entre las llaves y el menú de un restaurancillo cercano, estaba, entre varias, la foto de un niño sonriente detrás del humo de velas recién sopladas, a su lado, con una mano apoyada en la mesa y otra en el respaldo de la silla, Javier lo observaba con ternura. Di un par de pasos más y me encontré con un hombre sentado en un sillón. Estaba viendo la tele. Era el mismo que en otros portarretratos posaba junto a su esposa e hijos. Ese temor de ser contraproducente al asustar a quienes trataba de ayudar, me detuvo a medio camino. Pero aun así tenía en mente que el siguiente nombre aparecería en cualquier momento dentro de mi libreta, así que no había tiempo que perder.

—¿Javier era tu papá? —Lo escuché reprimir un grito. Se tardó un momento en voltearse y cuando me vio se quedó petrificado—. Quisiera que esto fuera más sencillo, pero al ser algo prohibido no hay mejor forma de proceder.

—¿Q-q-qué haces dentro de mi casa?

—Estuve aquí hace tiempo. Conocí a tu papá el día de su lamentable fallecimiento. —Esperé una reacción, pero el silencio fue su respuesta—. Como Parca, mi deber fue guiarlo al más allá. Me habló de ti antes de que cruzara. Los cumpleaños desastrosos que te organizó, la vergüenza que te hizo pasar cuando llegaba borracho por ti a la escuela y el dolor que sintió al verte partir.

—¿Cómo sabes todo eso? —La sorpresa no abandonaba su cara.

—Te lo he dicho, soy la muerte. Su fallecimiento no borró sus sentimientos por ti. Es más, aun cuando le propuse que te escribiera una última carta para tener la oportunidad de disculparse, se negó con tal de poder decírtelo de frente.

—Eso no explica tu presencia aquí. ¿Mi padre te mandó?

—He venido para continuar con el trabajo que no terminé con Javier. Sus penas eran tan grandes, que incluso después de meter la boquilla de la pistola y jalar el gatillo, la aflicción se mantuvo. —Hizo un gesto de angustia al escuchar esas palabras. Seguí hablando con un ritmo más lento—. Vivió y murió lleno de arrepentimientos. Y al ser tú, junto a tu mamá, las personas más importantes para él, quería saber si te gustaría escribirle una carta que yo misma me aseguraré de entregarle.

Se quedó callado. Apagó la televisión y se paró del sofá. Prendió la luz de la sala y empezó a hurgar en el mueble junto a la puerta de entrada, azotando las puertas y cajones por el estado en que se encontraba

—¡Gabo! —La voz de una mujer se escuchó desde el segundo piso—. ¿Qué buscas? Ya vente a dormir, mañana nos levantamos temprano.

—Dame unos minutos, querida —contestó al sacar un cuaderno y una pluma del cajón de hasta arriba. Miró su reloj y me volteó a ver con firmeza—. ¿Cuánto tiempo tengo?

Jamás entré al tercer hogar. En parte por temor a revivir mis errores, y también porque no había palabras que reflejaran la pena que sentía por Luisa. El mismo día en el que se enteró del fallecimiento de su madre, fue en el que vio a su esposo escupir sangre hasta morir. Su única equivocación, que en realidad fue mía, fue haberme visto.

La cortina estaba cerrada, aun así se alcanzaba a ver una fracción de su interior. Logré ver a Luisa preparar su comida del día. Removía una olla con movimientos casi mecánicos. En la mesa cuadrada frente a una de las sillas, estaba puesto un lugar. Después de un rato, apagó la estufa y se quedó inmóvil, con la mirada perdida en la nada. Luego volteó hacia la ventana desde donde la veía. Unos escalofríos me recorrieron el cuerpo. Me sentí vulnerable y eso que palpé mi sombrero para asegurarme de traerlo puesto. Sus ojos serios no me dejaban quedarme un segundo más ahí.

Un coche distinto al del accidente estaba estacionado afuera de su casa en aquella calle de fachadas coloridas. Sin demorarme entré con tal de reencontrarme con esas paredes que vieron crecer mis emociones. Los cambios en cada una de las habitaciones no eran tan drásticos como significativos. En el cuarto donde dormían las dos pequeñas encontré una sola cama. En el buró de

Elisa ya no estaba el diario en el que escribía sus recuerdos. En el refrigerador, sostenida por un imán, encontré la imagen del castillo morado acompañado de las cientos de cartas que dejaron para Nati a mitad de la carretera.

Si la rutina no había cambiado mucho, no tardarían en entrar por la puerta principal. Y así fue. Me apena decir que aquellas dos mujeres no sabían de mi existencia y aun así yo las apreciaba en demasía, me alegré.

Elisa de inmediato puso una tanda de ropa en la lavadora. Con ayuda de Dani, esponjó los cojines del sofá y sacudieron la mesa de la sala antes de pasar la aspiradora, preparándose para las visitas. Esperaba llenarme de la valentía necesaria que involucraba hacerme visible ante ellas, pensaba en lo que les diría.

Fue hasta más noche que decidí solo hablar con Elisa. Inclinada sobre el fregadero con los brazos apoyados en el borde, lavaba los platos de la cena conmigo a sus espaldas. Su respiración era amena y silbaba una dulce melodía. Me quedé ahí un momento, observándola. Dani dormía en la segunda planta, así que aproveché para dejar mi sombrero en la barra de la cocina a un lado del microondas. Mi corazón latía descontrolado. Di un paso que hizo ruido en una de las baldosas flojas de la cocina. Giró la cabeza como un látigo.

Al verme, su reacción fue inmediata. Se tensó con una sacudida y dejó escapar un grito ahogado. Retrocedió tan brusco que tiró un vaso de vidrio al suelo. El cristal se hizo añicos con un golpe seco y violento. Todos los pedazos se esparcieron entre nosotros.

—¿Quién eres? —jadeó. Parecía que le faltaba el aire.

Levanté mis manos con la intención de transmitir que no planeaba hacerle daño. No me acostumbraba a las reacciones de los humanos al verme, más a los que me sentía cercana.

—No tengas miedo —dije con la voz más suave que pude.

—No puedes ser real. —Sus piernas temblaban, lo sabía porque buscaba sostenerse, y su pecho subía y bajaba con rapidez. Se volteó para mojarse la cara. Se frotó los ojos y al abrirlos, se encontró conmigo una vez más.

Di un paso hacia ella y se alejó todavía más.

—No vengo a hacerte daño.

—¡Vete! —gritó con la voz rota.

Cerró los ojos como si eso me hiciera desaparecer. No fue así.

—Si pudiera irme sin más, lo haría —contesté calmada—. Pero volví porque…

Me detuve un momento y miré a mi alrededor. Encontré uno de los portarretratos en los que salía Nati comiendo una nieve en el centro de su ciudad; la atmósfera de la fotografía era cálida como la gente de Oaxaca. Tragué el nudo que apareció en mi garganta y dejé que mis emociones externaran las palabras.

—Porque la extraño.

Su expresión cambió. Las lágrimas brillaban en sus ojos. Se llevó la mano a la boca y por más pasos que dio hacia atrás no intenté acercarme. Su llanto llenó la cocina y con ello terminé de comprender que no importa cuánto tiempo pase, siempre habrá alguien que te extrañe después de tu partida.

Poco a poco sus temblores disminuyeron. Su respiración aún estaba agitada, pero su cuerpo dejó de intentar retroceder. Con miedo en su mirada me preguntó:

—¿Cuál es la verdadera razón? —susurró—. ¿Por qué estás aquí?

—Quería verte —respondí. Ella frunció el ceño con clara confusión.

—¿Para qué?

—Para saber cómo estás.

Sus facciones se torcieron con incredulidad, no podía procesar lo que acababa de oír.

—¿Cómo carajos crees que estoy? —exclamó con algo de rabia—. Mi Nati… mi pequeña… se fue. ¡Tú te la llevaste!

—Lo sé.

—No es justo —murmuró—. Debí ser yo.

—Al guiarla al más allá me preguntó si pronto la vendrías a recoger, pues estaba deseosa de regresar a casa. Días antes me encariñé con tu familia. Las vi construir el castillo morado, recorrer la carretera una y otra vez para visitar a tu papá y también las sesiones nocturnas en las cuales escribías con frenesí en tu diario.

Elisa se frotó la cara y tomó una bocanada de aire.

—La extraño —repetí con la misma suavidad con la que la niña me sostuvo la mano aquella noche—. Y quería que supieras que en cuanto cruzó el umbral fue a buscar a su abuelita.

No trató de hablar. Solo dejó que las lágrimas cayeran de nuevo, esta vez sin contenerlas. Sin pelear contra el dolor. Y ahí me quedé, viéndola y acompañándola en su duelo. No podía devolverle a su hija, pero al menos, por esa noche, podría hacer que no se sintiera tan sola.

—Mi idea es pronto reencontrarme con ella, y si estás dispuesta, me encantaría llevarle un mensaje de tu parte.

—¿Me darías un minuto? —pasó a mi lado y subió las escaleras.

Por inercia estuve a punto de seguirla, pero logré detenerme. Escuché con atención el tic-toc del reloj que colgaba en la pared de la sala. Su sonido era monótono e indiferente. Pensé en la ciudad que seguía afuera. El mundo giraba sin importar el dolor que habitaba en esta casa.

El sonido de Elisa que bajaba por las escaleras me regresó a la realidad. En sus manos traía un cuaderno parecido al diario que guardaba en su buró.

—Dejé de escribir sobre mis días —explicó—, empecé a redactar cartas para Nati. Cada noche, antes de dormir, mantengo la conversación que dejamos en pausa el día del accidente. Llévaselas por favor. Y dile también lo mucho que la extrañamos y queremos.

Sostuve en mis manos el pequeño libro de misivas hechas con nostalgia y amor.

—Gracias, Elisa. Ten por seguro que Nati las leerá.

—Antes de que te vayas… —Entró de nuevo a la cocina y quitó el imán que sostenía la imagen del castillo—. Si puedes entregarle también esto, significaría mucho para Dani y para mí.

—Así será. —Sonreí con amabilidad.

Me sonrió de vuelta.

Más hogares me vieron con el sombrero en mano. Varias cartas entraron en mi bolsillo. Incluso la del papá de Melisa que al principio se negó. Si Rebeca estuviera viva, estoy segura de que habría sido la primera en querer escribirle a su amiga.

Después de salir de la última casa, me senté en la banca de un parque. Y exhausta de recorrer tantos caminos, supe que era momento de seguir el mío. Incluso la muerte, a veces, necesita recordar que alguna vez sostuvo la mano de la vida. Así que siguiendo el plan que tracé después de ver por última vez a mis superiores, me levanté y fui hasta una avenida bastante concurrida. La gente caminaba a mi alrededor. Los coches tocaban el claxon en el momento en el que los semáforos cambiaban su luz roja. El día para ellos era uno más. Hasta que, en medio del caos urbano, me quité el sombrero.

El primer hombre que me vio chocó contra mí.

—Fíjate, idiota —exclamó sin siquiera verme y siguió su camino.

Otros se sorprendieron por mi repentina aparición. Mi altura era imponente. La exhibición de mi rostro le robó el grito a unos y ahuyentó a otros, fueron pocos los que se acercaron para saber quién era. El primer flash brilló en la penumbra de la tarde. Una mujer que cruzaba con el teléfono en la mano se frenó y empezó a tomar fotos. Varios le siguieron los pasos. Dedos temblorosos se deslizaban por las pantallas, cámaras me enfocaban con torpeza. Los murmullos comenzaron.

—¿Es un disfraz?

—¿Qué es eso?

—¡Ve sus huesos, ve sus huesos!

Los autos en la avenida seguían en movimiento con sus conductores ajenos a lo que sucedía en la acera. Entre la multitud de transeúntes el pánico comenzó a prenderse como fuego en campo seco con mi caminar sin rumbo.

Escuché más gritos. Era extraño que la gente me señalara. Una madre cruzó su mirada con la mía y empujo a su hijo detrás suyo. Un hombre soltó su maletín y se echó a correr sin siquiera darse cuenta de que lo había dejado caer. Muchos huían de la muerte, otros me siguieron sin conocer a dónde me dirigía.

Les costaba apartar los ojos de mí. Supe que mis superiores no se atreverían a adelantar la muerte de tantas personas, sentí que ganaba cierto poder. Los empleados de algunos negocios detenían sus labores para entender quién era la figura a la que seguían tantas personas. El cuchicheo aumentó, el miedo se mezclaba con algo más. Incredulidad, fascinación y hasta esperanza. Más pasos resonaban detrás de mí, formando un grupo cada vez más grande. Una procesión silenciosa en medio del bullicio de la ciudad.

Los que no se atrevían a seguirme se apartaban. Se pegaban a la pared mientras me veían con una mezcla de temor e ignorancia. Otros se persignaban al verme pasar. Hubo quienes cayeron de rodillas en la banqueta y murmuraban palabras que no alcanzaba a escuchar. Y yo... Yo solo caminaba sin detenerme. Sin saber por qué me seguían.

Me fijé en mi libreta para asegurarme de que no hubiera ningún otro nombre bajo el de Rebeca. La suerte estaba de mi lado. Después de avanzar un par de cuadras más vi un pequeño parque en donde encontré un árbol frondoso. Y ahí, en sus raíces que salían del suelo, me senté a descansar. Respiré profundo y crucé miradas con cada una de las personas que también se habían sentado sobre la tierra. Tomaron más fotos, hacían preguntas o se acercaban para tocar mi cuerpo y comprobar que estuviera hecho de puros huesos. Ante todos sus intentos de interactuar conmigo me quedé callada e inmóvil. El sol del atardecer me bañó con sus rayos y me sentí satisfecha con la decisión que había tomado. Esperé un par de minutos a que la oscuridad de la noche nos cubriera y las luces de las farolas fueran nuestra única fuente de iluminación. Y fue en ese momento que un hombre se levantó desesperado por mi inactividad y me lanzó una piedra. La ironía de ese suceso no hizo más que sacarme una carcajada que no pude detener. Decidí que era suficiente. Tomé mi sombrero, le quité la tierra que atrapó al ponerlo en el suelo y me lo puse.

La gente se exaltó al verme desaparecer. Los rumores se transformaron en escándalo, algunos sostuvieron por la fuerza al hombre que lanzó la piedra. No les bastó reprocharle sus actos, creían que su acción me había hecho desaparecer, empezaron a golpearlo. Esa fue la razón de que mi público se esparciera más deprisa. Huían despavoridos de aquellos que pensaban que la violencia era la mejor forma de darle una lección a otro. Dudé en si debía ayudar al pobre hombre, pero antes de quitarme el sombrero llegaron dos patrullas que lo hicieron por mí. Terminaron por correr a los pocos que permanecieron en el parque y, gracias a eso, me quedé aislada. Una sola silueta se mantuvo quieta a unos metros. Esperó a que las patrullas se fueran para acercarse.

—¿Qué chingados querías lograr con esto? —preguntó enfurecido mi mentor.

Le sonreí y mantuve mi silencio. No por rebeldía, sino porque había perdido las ganas de hablar.

—Todavía que te hago el pinche favor de no poner ningún otro nombre en tu libreta para que pudieras procesar mejor su muerte, sales con estas idioteces. —Su expresión insistía en buscar una respuesta—. Los superiores están furiosos contigo. Me dijeron que piensan eliminarte.

—¿Por qué se molestaron? —Fingí inocencia.

—No juegues conmigo. Si se murió Rebeca fue porque eres tan estúpida como para cometer el mismo error dos veces. ¿Esta es tu forma de protestar ante tu castigo?

—Jamás dije que esto era una protesta. No hay necesidad porque, aunque lo hiciera, los superiores no harían ningún intento en cambiar sus métodos.

—Ya me cansé de que a cada rato me manden a vigilarte. O a cuestionarte. Estoy harta de ver cómo la cagas una y otra vez.

—Te aseguro que también estoy muy cansada de todo esto —repliqué y con la mirada supo que la culpa de igual modo recaía en él por revelar mi secreto.

—¿Qué carajos estás dispuesta a hacer para evitar que te maten? —preguntó con impotencia.

Me sorprendió su expresión. Era evidente que estaba molesto conmigo, pero también quería buscar una solución a mi problema. Se preocupaba por mí.

—¿Por qué te importa si lo hacen o no?

Se quedó en silencio y le costó formular una respuesta.

—Me vale madres. Estoy aquí para… —Volvió a callarse. Con un tono más amigable continúo—. Mira, ellos me informaron sobre su decisión y mi instinto me dijo que viniera contigo para advertirte de ello. No me gustaría ver morir a una de mis hermanas.

—¿Recuerdas la anécdota que me contaste sobre quién te entregó tu guion? Dijiste que un día se cansó de la inmortalidad de nuestro trabajo y por su cuenta buscó ser eliminada. —Con cada palabra que salía de mi boca, más expresaba melancolía con su rostro—. Yo no puedo morir salvo que una Parca me abra un portal al más allá. Y sé que ni siquiera tú serías capaz de ayudarme.

—Sigues sin saber de lo que hablas.

—Diles que acepto el castigo. Ya viví lo suficiente. He conocido a tanta gente que me ha hecho sentir como una humana más. Echo de menos y me echan de menos. —La imagen de Rebeca estaba tan presente en mi cabeza—. Estoy lista. Soy feliz con esta decisión.

Su expresión de sorpresa me reconfortó. No creía lo que escuchaba.

—Te aseguro que una vez que regrese con los superiores para decirles esto, no habrá campana que te salve —dijo al fin.

—Si te soy sincera, esa noche en la que platicamos, creí que me pedirías el mismo favor que le hiciste a tu mentor. Estaba segura de que al igual que él, necesitabas un descanso.

—Es verdad que busqué conectar con mis designados, y también es cierto que me dolió saber que no lo lograría con todos. Entiendo que este trabajo se vuelve aburrido después de un tiempo, pero las historias humanas son un gran entretenimiento. Tal vez si lo vieras así no buscarías cruzar el umbral.

—El tormento con el que viven la mayoría de los mortales no está ahí para tu entretenimiento —contesté molesta—. Esa es la razón por la cual nunca crearás una conexión con alguno de tus designados.

—Si no tienes otra cosa que decir, será mejor que me vaya. ¿Segura que quieres continuar con esto? —Empezó a dar unos pasos hacia atrás.

—Adelante. En serio agradezco mucho tu preocupación.

—Comprendo, hermana.

—Puedes llamarme Par. Ese es mi nombre.

Y sin más palabras, se fue con los superiores.

Capítulo 25

Mi cicatriz estaba por cerrarse. En el bolsillo, las cartas no pesaban, no abrían más la grieta.

Decidí despedirme de la vida terrenal en la misma ciudad en la cual recibí la advertencia de mi mentor. Aquella en la que las jacarandas animan a quienes pasan debajo de ellas, aun cuando el caos es tan grande como la población. Un lugar agotador pero vivo. Uno que fermenta vida. Necesitaba concluir mis aprendizajes sobre los humanos antes de cruzar el mismo umbral que ellos. Regresar a la rutina de observar con atención los rostros mientras trato de descifrar sus emociones me ayuda a prepararme para la siguiente cima que tengo que subir. Una vez cruzado el umbral lo primero que debería hacer es buscar a Roberto, a Javier, a Nati y a Melisa. La certeza de que mi grieta se convertirá, por fin, en esa cicatriz morada que contemplé en la visión que tuve en la oficina de mis superiores, como resultado de la entrega de sus cartas, me llenaba de satisfacción. La piedra abandonada en la base de la montaña.

El cielo rosáceo se asomaba y entre los espacios que dejaban las nubes se colaba una luz suave. Caminaba sin rumbo, invisible entre la multitud. El caos y el bullicio del mundo humano permitía también momentos de belleza. Del otro lado de la calle, una pareja de ancianos caminaba de la mano.

Sus pasos eran lentos y sus cuerpos estaban encorvados por el peso de los años. Pero sus dedos seguían entrelazados como si nunca quisieran soltarse. Cada tanto, él se detenía para acomodarle el abrigo a la mujer, asegurándose de que el viento no la alcanzara. Ella, en respuesta, le sonreía con la dulzura de alguien a quien ha amado toda una vida.

La ciudad me sorprendió con unos amigos que reían mientras esperaban a cruzar la calle, con un señor dándole la mitad de su sándwich a un perro callejero, una anciana regresándole la cartera a un joven al que se le había caído. No eran los grandes gestos los que mantenían al mundo en equilibrio, era todo aquello que parecía pequeño e insignificante. Rebeca dijo que muchos ofrecen su ayuda por sentirse bien consigo mismos, pero siempre habrá alguna persona que lo haga consciente de que alguien ahí afuera la necesita. Y por primera vez en mucho tiempo, me pregunté si la humanidad, a pesar de toda su oscuridad, aún tenía una luz que valía la pena preservar.

Ahora bajo un árbol, escribo con dolor las últimas páginas de mi historia. Mientras revisitaba las vivencias de mis recientes designados traté de recapitular el cambio radical de mis emociones tras la pedrada.

Una vez más, confirmo que los planes no siempre salen como los tienes en mente.

Este lugar cubierto de pasto es el mismo que el de mi visión. Mi mentor me ha traído hasta el árbol de hojas moradas. Era el único a nuestro alrededor. El viento sopla, lo escucho contra las hojas mientras siento sus caricias. Se levanta el olor de la tierra mojada, aunque ahora mismo apenas se está nublando. No llueve. Hace unos momentos me había fijado en mi grieta y seguía igual que unos minutos atrás, cuando todavía estaba en mi paseo por la ciudad.

Así como en el extraño sueño, desconocía la razón de estar aquí. Hasta que los superiores aparecieron ante nosotros y mi mentor se alejó unos metros para dejarme sola frente a las tres figuras. El momento había llegado.

—Parca, has cometido un tercer error. —Su voz grave, me resultaba todavía extraña.

Asentí.

—No permitiremos que esto continúe así.

Uno de ellos dio un paso al frente y extendió su mano.

—Retírate el sombrero y entrégalo. Tu presencia ya no será admitida en el mundo humano.

—Gracias por la última oportunidad de usar mi método —contesté mientras me lo quitaba. Lo aprecié una vez más. Acaricié sus costuras y la tela que aun después de doscientos años parecía nueva—. Lo usé tanto tiempo que sin él me sentiré desnuda.

—No te preocupes, la sensación no durará mucho. —Lo tomó de entre mis manos con gentileza.

Esbocé una sonrisa y, como un mal hábito, volví a palpar las cartas en mi bolsillo con la certeza de que ahí permanecían.

—Estoy lista para cruzar el umbral. —Qué impropias percibía esas palabras, más al ser yo la que solía escucharlas de parte de mis designados.

—¿Umbral? —preguntaron con desdén y perplejidad—. No vas a cruzar ninguno.

La sorpresa me agarró desprevenida y provocó que un impulso de adrenalina me recorriera de pies a cabeza. ¿A qué se referían con eso? Necesitaba ir al más allá para entregar mis cartas. Volteé a ver a mi mentor y tenía en su rostro la misma expresión de desconcierto.

Empezaron a reír. Esa fue la primera vez que las vi transmitir alguna pizca de emoción.

—¿Creíste que para las Parcas hay un más allá? —se mofaron—. Solo los humanos viven después de la muerte.

Me agité y con ello mi grieta empezó a abrirse a una velocidad que jamás había experimentado. Me llevé las manos sobre el traje a la altura del pecho. En muchas ocasiones la sensación de esperanza se desvanecía gracias al miedo de fallar. En ese momento no se difuminó, solo desapareció.

—Ella se arrepiente de lo que hizo —intervino mi mentor—. El perder a su humana no le permitió pensar las cosas con claridad. Denme la oportunidad de instruirla un poco más.

Levanté mi mano antes de que siguiera con su defensa a mi favor. Eso logró callarlo y hacer que mis superiores me devolvieran la mirada. Esperaban unas palabras de mi parte, pero supe que no tenía sentido suplicar o quejarse. No me quedaban ganas de hablar.

Había jugado ya todas mis cartas y ellos no paraban de sacar una tras otra. Volví a reprocharme lo ingenua que siempre fui al creer que, como Parca, merecía un descanso del suplicio que el luto provoca en mí. Mi molestia más grande fue cometer el error de jugar con sus reglas desde un principio. Participé tanto tiempo en su juego que era inevitable estar a la merced de los números que salían en sus dados. Incluso con la suerte a mi ventaja, ellos eran los jueces que dictaban quién ganaba o perdía. Siempre tendrían el poder de cambiar las reglas a su antojo para satisfacer su ego. Para creer que su sistema funciona a la perfección. En este prado, arrodillada por el peso de mis decisiones, he comprendido que no tiene sentido seguir en el juego. Mi boca se mantuvo cerrada hasta que mi mentor se acercó y me extendió su mano. La tomé y me levanté para escuchar lo que tenía que decir.

—Ojalá las cosas hubieran resultado diferente. —Su mirada estaba llena de culpa—. Espero puedas perdonarme.

—Creo que no tendré el tiempo suficiente para hacerlo —respondí con resignación.

—¿Hay algo que quisieras que haga por ti en el mundo humano?

Pensé en dejarle las cartas, pero sin un latido dentro de mí que me hiciera creer que existía la bondad de sus palabras, negué con la cabeza. Se alejó para esperar a que los superiores terminaran su trabajo. Lo que me hizo recordar que nunca pude concluir el mío.

—Antes de acabar con mi existencia... —con estas palabras frené los pasos que daban hacia adelante las tres figuras—, ¿me regalarían un tiempo más a solas?

Se miraron entre sí. Voltearon a verme y asintieron, lo que me tardara no era nada en la eternidad de nuestra existencia, pero como si proviniera del cielo, el sonido de un segundero comenzó a escucharse en todos lados. Mi partida tenía una cuenta regresiva desconocida, así que corrí detrás del único árbol para escribir estas últimas páginas. Concluyendo lo que empecé.

No siento miedo. Quizás un poco de incertidumbre e impotencia, pero jamás miedo. Después de todo, presencié durante incontables años los últimos pasos de mis designados. Nunca pensé que llegaría a comprenderlos tanto como lo hago ahora. Tal vez no soy una Parca longeva, lo que me hace recordar mis primeros días como si hubieran sucedido ayer. Con la idea de una labor mecánica, sin emoción ni cuestionamientos. Yo llegaba, la muerte ocurría, tomaba el alma de las manos y la ayudaba a cruzar el umbral. No me preocupaba por cómo se sentían, ni por lo que dejaban atrás. En ese entonces, los vivos eran solo nombres en una lista. El golpe de la piedra despertó algo en mí. Vi la soledad que me rodeaba y supe que no era capaz de guiar a mis designados con la misma moneda. Era responsable de ofrecerles consuelo. Darles a entender que no estaban solos. Me enfrenté a muchos gritos, lágrimas y risas Aprendí a hablarles. Tal vez no siempre encontré las palabras correctas, porque nunca logré calmar a algunas almas. Hubo quienes partieron con miedo en sus ojos y me compartieron ese dolor que no pude mitigar.

Ignoro si hay Parcas que, al igual que yo, se detienen a reflexionar la responsabilidad que cargan con su labor. O si hay las que, del mismo modo que mi mentor, lo ven como un experimento que los entretendrá en su camino por la eternidad, con la creencia de que conformarse con realizar un par de actos buenos es más fácil que luchar por un mundo en el que ese tipo de acciones sean parte de la norma.

Nunca podré olvidar los rostros de aquellos a quienes guie. Tampoco los de sus familias que, desde la distancia, los veía aprender a vivir con la ausencia. Y así como las Parcas, no son seres perfectos, pero en su limitado tiempo muchos intentan mejorar con el paso de los años.

En alguna de estas páginas hablé sobre el legado que han dejado brillantes humanos para las siguientes generaciones. Y en algún momento de mi recorrido entre ellos, llegué a escuchar que el legado es como plantar semillas en un jardín que no tendrás la fortuna de ver crecer.

Si hay otras Parcas que lean esto después de que me haya ido, quiero que sepan algo: no somos meras recolectoras. No somos solo una sombra que recorre el mundo a la espera del siguiente nombre. Somos guías. Y eso significa más que simplemente mostrar el camino. Es necesario entender el miedo de los que parten y reconocer el dolor de los que se quedan.

Ver un alma requiere más que una presencia fría y distante que completa una tarea. Recuerden que incluso la muerte puede sentir compasión. Que incluso en el final, puede haber un poco de humanidad.

Ahora caen gotas sobre estas páginas, el cielo se ha nublado y mi sombrero no está para protegerme. La sensación no es tan terrible como la recordaba. Mis huesos reciben el agua con nostalgia y me traen a la memoria esa tarde en el coche, donde Rebeca y yo reímos sin parar por el temor que me provocaban. Sonrío mientras sube la intensidad de la lluvia. Mi traje se empapa y varios charcos se forman a mi alrededor. Era cierto que permanecer bajo ella era un acto de rebeldía. El agua atraviesa mi grieta, me enorgullece que esté abierta.

El sonido del segundero no se opaca con el del chubasco. Todavía tengo tiempo, pero ya no me queda más que decir. Es momento de cerrar esta libreta que sin saberlo, me señaló el sendero que debía tomar para volver a creer en la muerte.

Agradecimientos

Este libro nace del miedo que me petrificaba cuando era pequeño. Así como Rebeca, muchas noches las pasé rezando por alejar a la muerte de mi círculo familiar. Ahora, viendo hacia atrás, me alegra haber encontrado la forma de seguir adelante aun con mis temores.

Para que esos recuerdos se convirtieran en la novela que tienes en tus manos, hubo un montón de personas detrás que lo hicieron posible. Tienen mi infinita gratitud.

A mi esposa, Moni. Que, como Par, ha sido mi guía cuando más perdido me siento. Gracias por tu lectura, por tus valiosas críticas y hacerme saber que siempre puedo mejorar, por aguantar mis largas horas de escritura y por esas incesantes pláticas que me ayudaron a definir esta historia. Gracias por siempre estar orgullosa de mí.

A mi editora, Verónica Meneses, por tu fe inquebrantable en el texto, por tu ojo preciso, tu paciencia sin fecha de caducidad y esa manera sutil de empujarme hacia versiones más honestas de lo que quería decir. Gracias por seguir confiando en mis letras.

A todo el equipo editorial. Desde el diseño de la portada, la corrección, la producción y cada detalle invisible que convierte un manuscrito en un libro: gracias por su oficio. Antonio, Laura, Ale, Carla, Mariana A., Mariana O., y Cris, cada página lleva algo de ustedes, aunque el lector no lo sepa.

A mis padres, Miguel y Vero, por seguir cuidando de mí aun a la distancia. Gracias por su cariño incondicional y por enseñarme la importancia de ayudar sin esperar nada a cambio.

A mi hermana, Daniela. Eres mi recordatorio de que aun cuando parece que ya toqué fondo y el suelo cede, ahí estarás tú para acompañarme. No importa el pasar del tiempo, mi cariño jamás envejecerá. Gracias por siempre recibirme con los brazos abiertos.

A Fernando Bañuelos, por nuestras sesiones de escritura donde pudimos impulsarnos el uno al otro para cimentar nuestras historias y a Fa Orozco, por tu acompañamiento, visión y tenacidad a la hora de ayudarme a afrontar complicadas decisiones.

A los lectores de mi primer libro, *El libro de los libros*, quienes con sus mensajes, sus historias y su acompañamiento me recordaron que escribir es también escuchar. Sin ustedes, no me habría atrevido a ir más profundo.

Y a ti, lector. Tal vez llegaste a este libro buscando respuestas, o tan solo compañía. Admito que escribo desde la duda, desde el temblor en mis manos, desde la necesidad de entender lo que muchas veces no se puede explicar. Aun así, te agradezco por permitir que estas palabras te alcancen. Deseo de todo corazón que te acompañen, aunque sea brevemente, en ese lugar donde el miedo y la confusión se cruzan.

Por último, gracias a todos los libros que me acompañaron a la hora de escribir este. Sin la menor duda, reconozco su gentil y empática guía para seguir dejando volar la imaginación.

Esta es una obra de ficción. A menos que se indique lo contrario, todos los nombres, personajes, medios, marcas, negocios, lugares, sucesos e incidentes de este libro son producto de la imaginación del autor o se utilizan de forma ficticia. Cualquier parecido con personas reales, vivas o muertas, o con hechos reales es pura coincidencia.